U0147451

项目经理能力发展框架

（第2版）

（美）项目管理协会　著

许江林　译

Project Manager

COMPETENCY DEVELOPMENT

Framework

(Second Edition)

电子工业出版社

Publishing House of Electronics Industry

北京·BEIJING

Project Manager Competency Development Framework, Second Edition

ISBN: 978-1-933890-34-0

This publication is a translation of the English language publication, *Project Manager Competency Development Framework*, which is copyrighted material of and owned by the Project Management Institute, Inc. (PMI)

© Copyright 2007 Project Management Institute, Inc.

All rights reserved. This publication has been published with the permission of PMI. Unauthorized reproduction of this material is strictly prohibited.

本书是《项目经理能力发展框架》（第 2 版）英文版的中文简体字翻译版，由电子工业出版社出版。未经项目管理协会和电子工业出版社的预先书面许可，不得以任何方式复制或抄袭本书的任何部分。

版权贸易合同登记 图字：01-2011-1870

图书在版编目（CIP）数据

项目经理能力发展框架：第 2 版 /（美）项目管理协会著；许江林译. —北京：电子工业出版社，2011.5

书名原文：Project Manager Competency Development Framework,2e

ISBN 978-7-121-13247-6

Ⅰ . ①项… Ⅱ . ①美… ②许… Ⅲ . ①项目管理 Ⅳ . ①F224.5

中国版本图书馆 CIP 数据核字（2011）第 056436 号

责任编辑：刘露明

印　　刷：

装　　订：北京中新伟业印刷有限公司

出版发行：电子工业出版社

　　　　　北京市海淀区万寿路 173 信箱　邮编 100036

开　　本：880×1230　1/16　印张：6　字数：115 千字

印　　次：2011 年 5 月第 1 次印刷

定　　价：35.00 元

凡所购买电子工业出版社图书有缺损问题，请向购买书店调换。若书店售缺，请与本社发行部联系，联系及邮购电话：（010）88254888。

质量投诉请发邮件至 zlts@phei.com.cn，盗版侵权举报请发邮件至 dbqq@phei.com.cn。

服务热线：（010）88258888。

第 2 版前言

本标准是在 2002 年出版的项目管理能力发展框架的基础上进一步开发而成的。当负责第 2 版的项目团队在 2004 年早期成立时，项目管理协会正在进行一个大型调研活动的收尾工作，这项针对 PMP 角色和职位的调研是为了配合 PMP 认证的流程，根据调研结果形成了《PMP®考试规范》（*PMP®Examination Specification*）。调研结果显示，在项目管理领域内，人们更多的是从过程的角度来看待项目，而不是从知识领域的角度。

在这种情况下，项目团队得到指示，修改之后的项目经理能力发展（Project Manager Competency Development，PMCD）框架需要满足以下的要求：

- PMCD 框架第 2 版应该和《PMP®考试规范》保持高度一致；

- PMCD 框架第 2 版应该和《PMBOK®指南》（第 3 版）保持一致；

- 在第 1 版提出的框架基础上进行第 2 版的开发，尤其是在个人能力方面；

- 提供一些可以证明某种能力的证据的例子；

- 加强能力提升章节的内容；

- 把职业责任和道德标准包括进来。

为了保证执行能力部分的结构的一致性，对本标准的结构进行了重新组织。在 PMCD 框架当前版本中，执行能力是从过程的角度来定义的，模型较之前版本更为简单易用。个人能力中增加了职业责任和道德标准，对其中的内容也进行了调整，以便更好地反映项目管理所需的个人能力。能力提升章节包含了一个可用于能力评估、个人成长和学习提升的模型。

我们想借此机会感谢参与本项目的志愿者们。他们通过辛勤的工作，为项目管理行业提供了一份标准。组织和个人可以使用这份标准来评估他们当前的项目管理能力水平，并根据评估结果逻辑化地、结构化地制定未来的发展计划。

Chris Cartwright 　　Michael Yinger

项目经理 　　　　项目副经理

PMCD 框架项目团队 　PMCD 框架项目团队

目 录

图与表目录

第 *1* 章

介　绍

　　项目经理能力发展（**PMCD**）框架第 2 版提供了定义、评估和提升项目经理能力的框架。它定义了关键的能力维度，识别了对项目经理绩效有重大影响的诸多能力。根据项目类型及特征、组织环境和组织成熟度的不同，这些能力对项目成功的影响程度也有所不同。本框架定义的能力应用范围非常广泛，对于框架中某种具体的能力来说，其重要性也会随组织环境和项目特征的不同而不同。因此，在使用 **PMCD** 框架的时候，要对这种潜在的差异进行充分考虑。

　　PMCD 框架展示了项目经理应该具备的能力和行为的全局视图。本框架包括 4 章内容，分别为：

　　第 1 章　介绍——引入对项目经理能力的讨论和定义，并对本框架其余章节进行了概括性介绍。

　　第 2 章　执行能力——详细介绍项目经理所应具备的执行能力，这些能力被认为在大部分情况下适用于大部分项目的最佳实践。

　　第 3 章　个人能力——详细介绍项目经理应当具备的个人能力，这些能力在大部分情况下适用于大部分项目。

　　第 4 章　项目经理能力提升——介绍项目经理能力提升的过程。

　　第 1 章将要讨论的主要内容包括：

　　1.1　**PMCD** 框架的目的

1.1　PMCD 框架的目的

PMCD 框架由项目管理协会（Project Management Institute，PMI）发起，于 2002 年出了第 1 版。该框架旨在为组织和个人就如何评估、规划和管理项目经理的职业发展提供指导。在此过程中，项目经理需：

- 证明其已经具备了所需的项目经理知识、技能和经验；

- 通过了项目管理资格考试或获得认证（如 PMP 证书，或由其他被认可的协会颁发的证书）；

- 提供能证明其具备本框架第 2 章和第 3 章定义的执行能力和个人能力的证据。

1.2　目标读者

不论是个人还是组织，都可以参考 PMCD 框架来培养和提升其项目管理能力。

本框架的目标读者包括但不限于以下人群：

- 项目经理

- 项目经理的经理

- 项目管理办公室的成员

- 负责培养和提升项目经理能力的经理

- 项目发起人

- 教授项目管理和其他相关科目的教育工作者

- 开发项目管理教育课程的培训师

- 项目管理方面的行业顾问

- 人力资源经理

- 高层管理者

- 对项目管理感兴趣的个人

1.3 项目经理的能力指的是什么

一位胜任的项目经理通过应用项目管理知识及发挥个人行为能力来提高项目成功（即所交付的项目可以满足干系人的要求）的概率。在成功交付项目的过程中，项目经理需综合应用其知识、技能、个性和态度等诸多因素。

项目管理领域中提到的能力，指的是在项目环境中执行项目活动时所展示出的能力，通过应用这些能力可以保证项目能够交付期望的结果，并能够满足既定的验收标准。（Crawford, L.H ,1997, A Global approach to project management. *Proceedings of the 1997 AIPM National conference,* Gold Coast, 220-228）

项目经理的能力包括三个独立的维度：

- 项目经理的知识能力——项目经理知道如何在项目活动中应用相关过程、工具和方法。

- 项目经理的执行能力——项目经理可以应用项目管理知识来满足项目需求。

- 项目管理的个人能力——项目经理在执行项目活动时的行为表现，包括其态度、个性特征等。

只有同时具备以上三个维度的能力，项目经理才可被认为是一位完全胜任的项目经理。

1.3.1 PMCD 框架中定义的能力

可以通过以下不同的方式来证明一位项目经理是否具备上述三个维度的能力，即知识能力、执行能力和个人能力。

- 证明项目经理是否具备知识能力。通过相关的认证评估，比如 PMP 考试，或水平相当的项目管理方面的其他认证。《PMP®考试规范》中对知识能力进行了详细介绍，因此在 PMCD 框架中不再赘述。

- 证明项目经理是否具备执行能力。对项目相关行动和结果进行评估。具体包括哪些项目结果，在《PMP®考试规范》中有详细描述。

- 证明项目经理是否具备个人能力。可以通过对项目经理行为的评估而得以证实。

图 1-1 展示了评估项目经理能力的三个维度。通过评估结果，项目经理可以了解自己还需提高哪些方面的能力，才能成为一位胜任的项目经理。图中外围的三角形边框表示一位完全胜任的项目经理应当具备的能力，中间阴影部分的三角形表示某位被评测的项目经理当前的能力水平。大小两个三角形之间的差距表示这位项目经理当前待提升的能力空间。

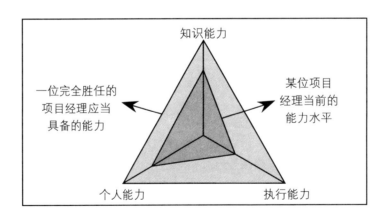

图 1-1 PMCD 框架的能力维度

在对项目经理的执行能力和个人能力进行评估时，可以把 PMCD 框架作为评估的基准。

1.3.2　其他能力

PMCD 框架以《PMBOK®指南》（第 3 版）中定义的原则和过程为依据，定义了适用于大部分项目、大部分组织和大部分行业的通用项目管理能力。但在某些行业中，要求项目经理具备某些行业特需的能力。还有一些特定的行业，在相关的规章制度和法律法规中对项目经理所需具备的能力进行了规定。比如，在执行 IT 项目的组织中，除了要求项目经理具备项目管理能力外，还要求其具备一定的 IT 技术能力。而在另外一些行业中，相关规章制度可能对项目经理的能力有明确的要求，比如在执行建筑项目的组织中，项目经理必须具备安全标准方面的知识和能力。因此，项目经理必须对自己所处的行业情况和组织环境有清晰的了解。

PMCD 框架中没有描述与行业相关的特殊能力。对于项目经理或者项目经理所在的组织来说，他们可以在 PMCD 框架的基础上进一步补充行业所需的特殊能力，从而满足实际工作的需要。

1.3.3　对 PMCD 框架的扩充

PMCD 框架中的执行能力和个人能力被分解为多个能力单元，每个能力单元又包含多个能力元素。PMCD 框架中定义的能力单元和能力元素代表的是，要成为一位被大家普遍认为合格的项目经理所应具备的相关能力。PMCD 框架在设计时对框架的适用性进行了充分考虑，要求该框架在大部分情况下适用于大部分的项目经理。如图 1-2 所示，可以把本书第 2 章和第 3 章所介绍的能力作为建立能力评估模型的基础。

建立评估模型时，可以以 PMCD 框架的三个能力维度为基础，增加组织和行业的特殊能力要求。项目经理对这些能力的实际拥有程度就是该项目经理当前的能力水平。图 1-2 在 PMCD 框架的基础上进行了扩充，体现了组织对项目经理能力的综合要求，可以作为项目经理能力评估的依据。

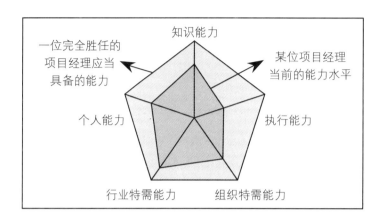

图 1-2 对 PMCD 框架的扩充

1.4 PMCD 框架和 PMI 其他标准的一致性

PMCD 框架与 PMI 制定或批准的其他相关标准中推荐的通用实践保持了一致。特别值得一提的是，PMCD 框架参考了《PMBOK®指南》（第 3 版）和《PMP®考试规范》。

PMCD 框架第 2 版与 PMI 的其他出版物和标准（如图 1-3 所示）保持了一致，它们之间的一致性在表 1-1 中有具体描述。欲了解 PMI 的其他出版物，请登录 www.pmi.org 查询。

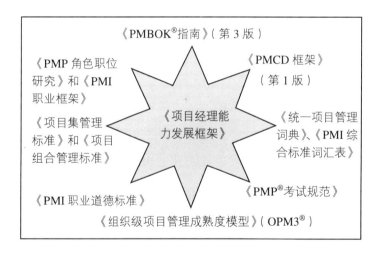

图 1-3 PMCD 框架与 PMI 其他出版物保持了一致

1.5　PMCD 框架的设计

　　PMCD 框架主要对项目经理的执行能力和个人能力进行了定义。如前所述，知识能力在 PMCD 框架中没有详细介绍，因为这些能力在《PMP® 考试规范》中均有具体描述。PMCD 框架的目的在于让个人、组织和相关专业机构可以使用合适的流程对项目经理的能力进行评估、培养和确认。

表 1-1　PMCD 框架和 PMI 其他资源的一致性

PMI 出版物或其他资源	PMCD 框架与所述出版物或资源之间相一致的地方
《项目管理知识体系指南》(《PMBOK®指南》)(*PMBOK® Guide*)	《PMBOK®指南》中的结构、词汇和定义
《PMCD 框架》第 1 版(*PMCD Framework-First Edition*)	PMCD 框架的结构和理念
《PMI 综合标准词汇表》(*PMI Combined Standards Glossary*)	PMI 综合词汇表中定义的缩略词和术语
《PMP®考试规范》(*PMP® Examination Specification*)	对项目管理知识的描述(PMCD 框架中对知识能力的定义引用了《PMP®考试规范》中对知识的定义)
《组织级项目管理成熟度模型》(OPM3®)[*Organizational Project Management Maturity Model(OPM3®)*]	项目经理能力模块
《PMI 职业道德标准》(*PMI Code of Ethics and Professional Conduct*)	项目经理的行为必须遵守 PMI 职业道德规范
《项目集管理标准》和《项目组合管理标准》(*The Standard for Program Management and The Standard for Portfolio Management*)	项目管理是这两份标准中核心组成部分
《项目管理专业人士(PMP)角色职位研究》[*Project Management Professional(PMP®)Role Delineation Study*]	这份研究报告包含了项目经理所需具备的知识、技能和其他信息
《PMI 职业框架》[*PMI's Career Framework*]	基于网络的评估和发展工具，其中，把项目管理能力作为项目管理职业发展道路的基础

注：表中提到的所有 PMI 出版物和资源都是指其最新版本。

　　PMCD 框架的设计初衷：

- 涵盖项目经理所需具备的全部能力。

- 适用于所有的项目经理，而与项目经理所从事项目的内容、类型、规模和复杂性等无关。

　　PMCD 框架必须具备通用性，这样才可以保证：

- 项目管理能力可以在行业之间和组织之间进行交流和转移。

- 行业或组织可以以 PMCD 框架为基础，建立适合行业或组织的专有能力模型。

图 1-4 展示了项目经理的执行能力和个人能力，这些能力和项目经理的知识能力相辅相成。

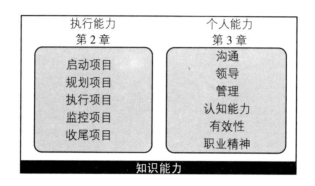

图 1-4　PMCD 框架

1.6　PMCD 框架的结构

PMCD 框架对项目经理所需具备的能力进行了简单的结构化分解。在分解结构的上层是能力单元。项目经理能力的每个维度都可以分解为若干个能力单元，能力单元代表了一种主要的项目管理职能或活动。每个能力单元又被进一步分解为能力元素，能力元素是此分解结构中最基本的组成部件。能力元素表示一个行动或一种结果，这些行动或结果完全可以通过一些证据得到证实。每个能力元素都有一组执行标准，执行标准覆盖了执行该能力元素的各个方面，通过执行，可以体现项目经理是否具备相应的能力。每条执行标准又附带了一组能证明该执行标准是否得以满足的证据。通常，很多证据都以文档的形式出现。

PMCD 框架中第 2 章和第 3 章的结构主要由以下元素组成。

1.6.1　能力单元

- 第 2 章——来自《PMP®考试规范》中的执行领域，其中职业责任放在了本书第 3 章中。

- 第 3 章——专门针对项目经理的个人能力。

1.6.2　能力元素

- 每个能力单元包括若干个能力元素,这些元素反映的是一些具体的项目活动,项目经理的能力在执行这些项目活动的过程得以体现。

- 在第 2 章,能力元素指的是某种项目结果。

- 在第 3 章,能力元素指的是项目经理的某种行为。

1.6.3　执行标准

- 每个能力元素都体现为具体的执行标准,执行标准定义了要展示相应的能力项目经理应该完成的行动。

1.6.4　证据类型

- 某项行动完成之后,只有提供了相应的证据,才能判断其是否满足了相应的执行标准。

- 这些证据形成了能力测评的依据。

图 1-5 展示了 PMCD 框架第 2 章和第 3 章中使用的基本结构。

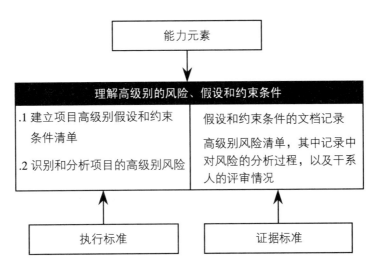

注:此为执行能力维度中某个能力元素的例子。

图 1-5　PMCD 框架中能力单元结构

1.7 PMCD 框架的应用

PMCD 框架为项目经理实践者、雇主和咨询顾问在实际工作中建立能力框架提供了重要的指导。了解并熟悉 PMCD 框架的内容及其中定义的项目经理能力至关重要。PMCD 框架对项目经理的能力进行了归纳，这些能力对项目经理的绩效均起着重要的支持作用。

PMCD 框架通过定义每个能力单元和能力元素的执行标准，对项目经理的能力做出判断，了解项目经理当前的能力水平对建立能力基准非常关键。能力基准建立后，可以依此对项目经理的表现进行度量，从而识别项目经理的强势区域和待提升区域。PMCD 框架中个人能力部分对项目经理的行为进行了考察，这些行为与项目经理的综合能力有密切的关系。对项目经理进行能力评测的目的在于帮助项目经理满足和超越 PMCD 框架中定义的能力基准。

通过识别与特定能力元素和能力单元相关的执行标准，PMCD 框架定义了项目经理的能力。了解一个项目经理当前的能力对于建立能力基准非常关键。依据能力基准对个人的表现进行度量，可以识别项目经理的强项和待提升的方面。个人能力部分对项目经理在管理项目时所表现的与综合能力相关的行为进行了考察。目的在于使其满足甚至超过 PMCD 框架中定义的能力基准。

- PMCD 框架对于雇主的意义：PMCD 框架把项目经理的行动和行为进行了多维度划分，这些行动和行为是项目经理在组织内履行其角色所必不可少的。使用 PMCD 框架可识别项目经理当前的能力水平，确定项目经理的能力差距。组织可根据项目类型和行业特点，对 PMCD 框架进行扩充，并以此为依据来判断组织中项目管理从业人员的能力水平。

- PMCD 框架对于一线项目经理的意义：PMCD 框架可以帮助他们判断自己当前的能力水平，并识别需进一步提升的方面。

- PMCD 框架对于一个组织顾问的意义：PMCD 框架是一个强有力的工具，可以用它来审查和分析组织当前与项目管理相关的行动和结果，从而发现差距所在。

- PMCD 框架对于正在考虑加入项目管理行列的个人的意义：PMCD 框架可以为他们的能力提升计划提供指导。

PMCD 框架还对能力评测过程进行了介绍，通过该过程可以帮助项目经理（或项目经理的经理）在能力框架范围内识别强项，定义待提升方面。PMCD 框架还可以帮助个人和组织发现改进机会，并制定和落实能力提升计划。

第 2 章

执行能力

执行能力指的是项目经理如何应用项目管理知识执行或者完成一些具体的事情。

项目经理在一个项目中，应用知识和技能交付期望的项目结果。在这一过程中，项目经理将充分展现其执行能力。其中，对那些能够代表项目管理良好实践的执行能力应该进行评测。在对项目经理的执行能力进行评测时，需要有一套得到广泛认可的标准或基准作为依据。

- 根据这些标准或基准，个人可以对他们的能力状况进行度量和规划；组织可以设计绩效考核机制，设计工作章程和雇用条例，并制定个人发展计划。

- PMCD 框架第 2 版中的执行能力和《PMP®考试规范》中六个执行领域中的五个保持一致。第六个领域，即职业道德部分，将包含在本书第 3 章中。

- 每个能力单元涵盖若干个技能。为了证明项目经理是否具备某项能力，必须对这些技能进行考察。

- 本章定义了执行能力的各个能力元素的执行标准和证据类型，据此可以对每个能力单元和能力元素进行评估，从而得出对项目经理整体执行能力的评估结果。

本章介绍的执行标准需要根据组织的特定情况进行调整，调整时考虑的主要因素包括组织项目管理流程和项目管理政策等。通过调整，可以确保执行标准在组织中的适用性。

本章涵盖的主要内容包括：

2.1　执行能力的目的

2.2　执行能力的结构

2.3　执行标准和证据类型

2.4　执行能力单元

2.1　执行能力的目的

执行能力就是把项目经理拥有的知识和技能付诸实践。人们普遍认为，项目经理的能力和项目成功之间有着因果关系。执行能力是项目经理综合能力中关键的组成部分。本章讨论的执行能力为个人能力评估提供了框架、结构和基准。评估项目经理的执行能力，发现差距，弥补差距，可以促进个人和其所在组织项目管理能力水平持续提升。本章介绍的五个执行能力单元综合起来形成了评估框架中的一个重要维度。

2.2　执行能力的结构

PMCD 框架第 2 版在定义其执行能力单元的结构时参考了《PMBOK® 指南》（第 3 版）和《PMP® 考试规范》中的方式。《PMP® 考试规范》中职业道德领域包含在本书第 3 章个人能力部分。依据《PMP® 考试规范》中的其余五个执行领域定义的五个能力单元如图 2-1 所示，它们分别是：

- 启动项目——采取行动，授权新项目，定义项目初始范围。

- 规划项目——采取行动，定义和完善项目范围，建立项目管理计划，识别和规划项目活动。

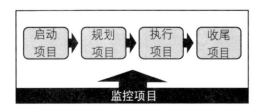

图 2-1　执行能力的五个单元

- 执行项目——执行项目管理计划中定义的工作，按照项目范围说明书完成项目目标。

- 监控项目——采取行动，对实际绩效和计划绩效进行比较，识别并分析偏差，通过评估趋势来验证过程改进的有效性，对多个可选方案进行评估，根据需要启动整改措施。

- 收尾项目——采取行动，正式终止项目并移交已完成的项目成果。有时，也指采取行动去结束一个被中途取消的项目。

如图 2-2 所示，每个能力单元包含了若干个能力元素，这些元素是每位胜任的项目经理所必须具备的。每个能力元素都可以被描述为一个可获取的成果。

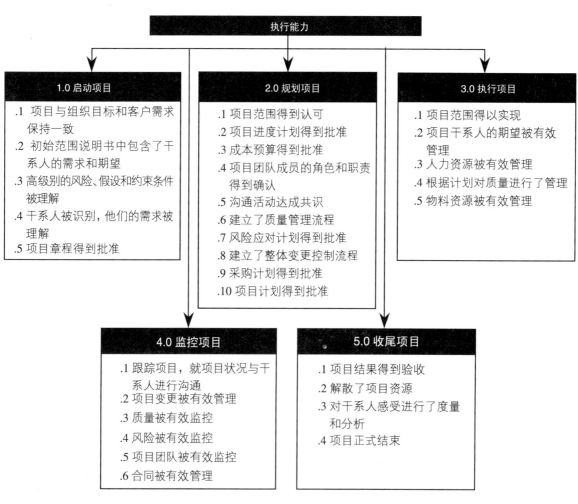

图 2-2　执行能力的单元和元素

2.3　执行标准和证据类型

通过执行标准可以对每个能力元素进行更加细致的定义。执行标准是指项目经理需要具体做什么事情才能证明其具备了元素所定义的相关能力（见图 2-3）。可以使用本章表格中推荐的证据类型对每个执行标准进行评测。当一个人在执行某个执行标准中定义的活动时，一定会产生相应的执行结果，这些结果就形成了能力评测的证据。执行结果包括可交付成果、文档、来自干系人的反馈意见及其他有形或无形的成果。评估过程中要对这些证据进行审查，从而确定项目经理的能力是否符合相应的执行标准及符合的程度。PMCD 框架为每个执行标准列举了一些证据类型。评估师们应该注意到，PMCD 框架所列举的这些证据都具备普遍的指导意义，可以成为个人或组织编制评测计划的参考依据。但是，这些列举的证据并不是标准，也不是每个项目的必然成果。项目成果通常会体现文化、组织和行业的特征，因此，评估师必须认识到不同项目之间其成果的差异性。

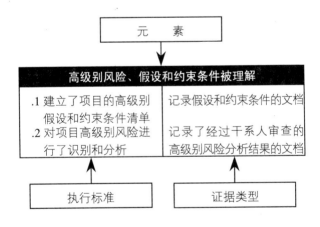

图 2-3　能力元素、执行标准和证据类型示例

在 PMCD 框架中，"文档"这个术语表示的是有形的证据。文档类的证据包括数据、各种形式的媒介、正式或非正式的来往信函、实物和成果。

2.4　执行能力单元

PMCD 框架的目的在于强调项目经理所需具备的项目管理能力，这些能力在大部分情况下适用于大部分项目。下面的内容将介绍在本书第 1 章中提到的执行能力单元（见表 2-1～表 2-5）。

表 2-1　执行能力——启动项目

1.0 能力单元：启动项目	
采取行动，授权新项目，定义项目范围	
元素 1.1 项目与组织目标和客户需求保持一致	
执行标准	证据类型
.1 理解项目的一致性	对项目一致性的描述
.2 就项目的一致性与项目发起人达成共识	记录了与发起人达成共识的文档
.3 确立关键干系人的需求和期望	记录了关系人对项目需求的文档
.4 确定产品或服务的特征	记录了干系人对产品或服务的高级别需求的文档，同时要说明这份文档与实施项目时使用的项目计划之间的联系
元素 1.2 初始范围说明书中包含了干系人的需求和期望	
执行标准	证据类型
.1 选择和使用合适的项目管理方法论和流程	所选择的方法论或流程在以往项目中使用的例子，以及为什么在当前项目中它们被选中的说明
.2 理解项目的初始范围	初始项目范围说明书或其他具有相同功能的文档
.3 梳理项目范围，确保范围与组织及客户的需求和期望保持一致	记录了干系人对项目需求的文档
元素 1.3 高级别的风险、假设和约束条件被理解	
执行标准	证据类型
.1 建立了项目的高级别假设和约束条件清单	记录了项目假设和约束条件的文档
.2 对项目高级别风险进行了识别、定性分析和定量分析	包含了高级别风险识别、定性分析和定量分析等信息的风险登记册
元素 1.4 干系人被识别，他们的需求被理解	
执行标准	证据类型
.1 识别了项目干系人	干系人列表
.2 分析了干系人，获得了干系人支持，识别了干系人的需求	记录了干系人需求和目标的文档 记录了干系人的职位和影响的文档
.3 识别高级别的沟通需求	来自干系人的反馈意见，这些信息可以证明干系人的需求被充分理解 沟通管理计划 记录了高级别沟通策略的文档

续表

元素 1.5　项目章程得到批准	
执行标准	证据类型
.1 制定高级别的项目策略	记录了高级别项目策略的文档
.2 确立项目关键里程碑和交付物	记录了关键里程碑和交付物的文档
.3 编制项目总预算	记录了有关项目投入的量级估算的文档
.4 为项目章程的准备提供支持	记录了资源需求的文档 记录了项目总预算的文档 项目章程草案
.5 使用治理流程来获取发起人的批准和承诺	得到批准的项目章程，连同一些治理文件，如项目商业论证、阶段审查会议纪要等

表 2-2　执行能力——规划项目

2.0 能力单元：规划项目	
采取行动，定义和完善项目范围，建立项目管理计划，识别和规划项目活动	
元素 2.1 项目范围得到认可	
执行标准	证据类型
.1 采用工作分解结构（WBS）定义项目交付物	WBS 记录了项目其他可选实施方案的文档
.2 就 WBS 中定义的项目范围达成共识	记录了项目干系人共识的文档
.3 实施范围管理	干系人反馈意见 范围管理计划
元素 2.2 项目进度计划得到批准	
执行标准	证据类型
.1 定义活动及依赖关系，确保可按照批准的项目范围交付项目	项目进度计划网络图 WBS 词典
.2 估算完成每个活动所需的时间	记录了活动历时估算过程的文档
.3 识别内部依赖和外部依赖关系	项目进度计划及进度计划模型数据
.4 根据各资源承诺的时间为项目活动安排进度计划	项目进度计划及进度计划模型数据
.5 获取对项目进度计划的批准	干系人对项目进度计划的批准文件
.6 就项目进度计划与干系人沟通	记录了干系人反馈的文档 记录了项目干系人共识的文档
元素 2.3 成本预算得到批准	
执行标准	证据类型
.1 估算每个活动的成本	基于活动的成本估算的例子 得到批准的预算及相关的详细支持信息
.2 估算项目其他所有的成本	得到批准的预算及相关的详细支持信息

元素2.3 成本预算得到批准	
执行标准	**证据类型**
.3 编制项目预算	得到批准的预算及相关的详细支持信息
.4 编制成本管理计划	成本管理计划
.5 获取对项目预算的批准	发起人对项目预算的批准文件
.6 就项目预算与干系人沟通	记录了干系人反馈的文档
元素2.4 项目团队成员的角色和职责得到确认	
执行标准	**证据类型**
.1 识别所需的具体资源	人员管理计划,其中包含了角色和职责定义
.2 定义角色和职责	记录了项目成员和干系人角色与职责的文档 团队协议
.3 得到组织同意去寻找合适的资源	记录了组织对资源使用的正式表态的文档
.4 使资源到位,并策划团队建设活动	记录了团队建设活动和资源到位情况的文档 记录了团队规则的文档
元素2.5 沟通活动达成共识	
执行标准	**证据类型**
.1 编制项目沟通计划	沟通管理计划
.2 选择合适的工具和方法与特定的干系人沟通	支持沟通管理计划的一些模板,如项目状态报告、问题日志、经验教训总结及其他组织过程资产
.3 为那些和沟通计划有关的活动制定进度计划	记录了干系人反馈的文档
元素2.6 建立了质量管理流程	
执行标准	**证据类型**
.1 在项目中制定了质量标准,并且与组织质量政策保持一致	记录了所采用的质量标准的文档
.2 定义了项目交付物管理流程	记录了项目质量流程的文档
.3 为项目交付物、项目过程和项目管理绩效设定度量指标	记录了项目质量度量指标的文档
.4 编制项目质量管理计划	批准的项目质量管理计划及质量基准
元素2.7 风险应对计划得到批准	
执行标准	**证据类型**
.1 编制项目风险管理计划	批准的项目风险管理计划
.2 识别主要风险并进行定量分析	记录了风险分析结果的文档 风险登记册
.3 带领或授权团队为每个识别出的风险寻找应对策略	风险应对计划,其中明确定义了风险责任人和应急成本预算

元素 2.7　风险应对计划得到批准	
执行标准	**证据类型**
.4 估算风险应急成本	风险应对计划，其中明确定义了风险责任人和应急成本预算
.5 编制风险应对计划	风险应对计划，其中明确定义了风险责任人和应急成本预算
.6 分派风险负责人	风险责任人清单 风险登记册
.7 获取关键干系人对项目风险应对计划的认可	记录了关键干系人反馈意见的文档
元素 2.8　建立了整体变更控制流程	
执行标准	**证据类型**
.1 带领或授权团队建立变更控制流程	记录了整体变更控制流程的文档
.2 邀请干系人参与变更控制计划的制定	记录了干系人参与制定变更控制计划情况的文档
.3 落实变更控制流程和步骤	变更控制委员会（CCB）会议纪要 变更控制文档
.4 就变更控制流程与关键干系人沟通	记录了关键干系人反馈意见的文档
元素 2.9　采购计划得到批准	
执行标准	**证据类型**
.1 分析物料需求	项目采购管理计划 物料清单
.2 制定采购计划或通过其他方式获取资源的计划	采购申请和采购订单
.3 制定人力资源外部采购计划	记录了与外部采购相关的支持信息的文档 资源采购合同
.4 对合同管理进行规划	采购管理计划
.5 获取对采购管理计划的批准	发起人对采购管理计划的批准文档
元素 2.10　项目计划得到批准	
执行标准	**证据类型**
.1 审查组织过程资产	记录了有关审查或使用组织过程资产的文档
.2 审查企业环境因素	记录了有关审查或使用企业环境因素的文档
.3 把所有的计划活动整合为一份完整的项目管理计划	记录了项目管理计划整合过程的文档
.4 寻求关键干系人的批准	得到关键干系人批准的项目管理计划
.5 建立项目基准	记录了项目基准的文档
.6 就已经批准的计划与关键干系人沟通	记录了干系人反馈意见的文档
.7 召开开工会议	开工会议议程和纪要

表 2-3 执行能力——执行项目

3.0 能力单元：执行项目
执行项目管理计划中定义的工作，按照项目范围说明书完成项目交付物

元素 3.1 项目范围得以完成	
执行标准	**证据类型**
.1 核实项目计划中定义的任务是否完成	记录了关键干系人反馈意见的文档 记录了项目跟踪过程和项目状况的文档 状况报告和里程碑报告 确认任务圆满完成的正式的验收文档 包含计划和实际情况对比结果以及资源使用情况的项目成本报告
.2 消除已识别出的绩效差距	记录了纠正措施和预防措施的文档
.3 执行风险管理计划	记录了纠正措施和预防措施的文档
.4 管理阶段之间的交接	治理会议制定的行动方案和会议纪要 记录了发起人反馈意见的文档 正式批准文档

元素 3.2 项目干系人的期望被有效管理	
执行标准	**证据类型**
.1 在项目全程对干系人期望进行核实，确保他们的期望得到了满足，而且项目范围没有被突破	干系人分析更新文档 记录了管理干系人期望的行动过程的文档
.2 与干系人进行互动，以获取他们对项目的支持	所有干系人会议的纪要 记录了管理干系人期望的行动过程的文档 记录了干系人反馈意见的文档

元素 3.3 人力资源被有效管理	
执行标准	**证据类型**
.1 根据人员管理计划获取人力资源	人员清单 劳动合同 人员采购过程中所使用的工作说明书（Statements of Work，SOW）
.2 建立项目团队	项目组织结构图 说明工作方式的文档
.3 培养项目团队成员	能力差距分析 团队成员培养计划

元素 3.4 根据计划对质量进行了管理	
执行标准	**证据类型**
.1 执行质量保证活动	关键干系人对项目交付物的验收文档 变更请求文档
.2 确保符合质量标准和流程	质量审计记录 记录了流程改进建议的文档 为了应对偏差对计划文档进行的调整

元素 3.5 物料资源被有效管理	
执行标准	证据类型
.1 获取有关卖方的信息	可选的卖方清单 卖方提交的资料
.2 选择合适的卖方	合同和 SOW 采购订单
.3 根据计划执行采购活动	对物料资源可用情况的记录
.4 从内部获取可使用的资源	对物料资源可用情况的记录

表 2-4 执行能力——监控项目

4.0 能力单元：监控项目
采取行动,对实际绩效和计划绩效进行比较,识别并分析偏差,通过评估趋势来验证过程改进的有效性,对多个可选方案进行评估,根据需要启动整改措施

元素 4.1 跟踪项目,就项目状况与干系人进行了沟通	
执行标准	证据类型
.1 执行收集项目信息的流程	项目绩效报告
.2 与干系人沟通项目状况	项目例会纪要,或者项目状况报告 记录了干系人反馈意见的文档 绩效考核结果
.3 确保针对每个偏差都有整改措施	记录了纠偏措施和预防措施计划的文档

元素 4.2 项目变更被有效管理	
执行标准	证据类型
.1 以项目基准计划为依据确认变更的发生	被批准的、采取后续行动的变更请求文档
.2 确认变更对项目计划的影响	根据被批准的变更请求对项目计划所做的更新
.3 按照变更管理流程来管理和记录变更	记录了变更被批准和被执行的情况的文档
.4 与项目干系人就变更进行沟通	与干系人沟通的文档记录
.5 执行配置管理流程	就配置管理和控制的实际执行情况与干系人进行沟通的文档记录

元素 4.3 质量被有效监控	
执行标准	证据类型
.1 记录已完成交付物的验收情况	已完成交付物的验收记录
.2 收集项目和产品度量指标	项目和产品度量指标报告
.3 以项目基准为依据,监督偏差	质量缺陷报告
.4 提出纠正和预防措施	记录了纠正和预防措施的文档
.5 协助审计工作	审计报告 记录了改进建议的文档

元素 4.4 风险被有效监控	
执行标准	**证据类型**
.1 更新风险应对计划	更新的风险登记册 记录了风险应对计划执行结果的文档
.2 当未知风险出现时，能够识别	有关未知风险发生情况的记录 更新的风险登记册
.3 未知风险出现时，能够制定应对方案	记录了未知风险的应对方案的文档 更新的风险应对计划
.4 识别新风险	更新的风险登记册
.5 回顾风险应对策略	对风险应对结果的审查报告
.6 协助审计	审计报告 记录了改进建议的文档
元素 4.5 项目团队被有效监控	
执行标准	**证据类型**
.1 定期举行项目团队会议	团队会议纪要
.2 举行团队建设活动	记录了团队建设活动的结果的文档
.3 监督团队成员满意度	团队成员满意度调查结果
.4 对团队和个人的绩效提供反馈	团队成员绩效反馈 团队绩效反馈
元素 4.6 合同被有效管理	
执行标准	**证据类型**
.1 确保卖方合同得到有效管理	记录了卖方反馈意见的文档
.2 收集卖方绩效指标	卖方绩效指标报告
.3 确保卖方与项目团队的文化融合	记录了卖方与项目团队互动与合作情况的文档 卖方满意度调查结果
.4 协助审计	审计报告 记录了改进建议的文档

表 2-5　执行能力——收尾项目

5.0 能力单元：收尾项目	
采取行动，正式终止项目并移交已完成的项目成果。有时，也指采取行动去结束一个被中途取消的项目	
元素 5.1 项目结果得到验收	
执行标准	**证据类型**
.1 获取最终验收	对项目结果验收的文档
.2 满足所有需要满足的合同需求	对已完成和未完成交付物的记录 记录了所有合同条款都得到满足的文档
.3 把所有交付物移交到运行环境中	运行部门签署的验收文档

元素 5.2 解散了项目资源	
执行标准	证据类型
.1 按照组织流程解散项目资源	项目结束后项目团队成员解散时间表
.2 为项目团队成员提供绩效反馈	成员绩效反馈记录
.3 向组织提供项目团队成员的绩效信息	与职能经理会审过的绩效评价报告，并已存档
元素 5.3 对干系人感受进行了度量和分析	
执行标准	证据类型
.1 对项目干系人进行调查	记录了干系人反馈意见的文档
.2 分析调查结果	记录了分析结果的文档
元素 5.4 项目正式收尾	
执行标准	证据类型
.1 执行项目收尾活动	项目产品或服务的签收记录，项目收尾活动记录
.2 结束所有与项目相关的财务活动	财务部门对项目收尾的反馈意见
.3 正式通知干系人项目结束了	针对项目收尾的沟通记录，并已存档
.4 结束所有的项目合同	根据要求已经结束的合同
.5 记录和发布项目经验教训总结	经验教训总结文档
.6 更新组织过程资产	已经存档的全部项目文件 对组织过程资产的修改记录

第 3 章

个人能力

个人能力是指决定一个人项目管理能力的个人行为、态度和核心特征。

本章介绍的个人能力与《PMBOK®指南》（第 3 版）中描述的知识能力及本书第 2 章描述的执行能力综合起来，形成了项目经理能力的整体视图。如第 1 章所述，知识能力、执行能力和个人能力之间可能会有局部重叠。比如，本章描述的一些个人行为可能与执行能力中的某些特定行动有相关之处。大部分情况下，执行大部分项目时，都要求项目经理同时具备三个维度的综合能力。

本章涵盖的主要内容包括：

3.1 个人能力的目的

3.2 个人能力的结构

3.3 执行标准和证据类型

3.4 个人能力单元

3.1 个人能力的目的

项目管理是一种以人为导向的职业。因此，项目经理必须具备与其他人进行有效互动的能力。个人能力所描述的正是这方面的技能。

个人能力的提升，可以帮助项目经理在项目中有效应用知识能力和执行能力。本章介绍了项目经理的个人能力，并给出了具体的个人能力元素，这为项目经理能力的评估和改进提供了依据。

3.2　个人能力的结构

个人能力分为以下的六个单元：

- 沟通——指的是采取适当的方法，使用准确的、合适的、相关的信息，与干系人进行有效交流。

- 领导——指的是指导、动员和激励项目团队成员及其他干系人，管理和解决问题，从而有效地实现项目目标。

- 管理——指的是通过调配和使用人力资源、财务资源、物料资源、知识资源和其他无形资源，对项目进行有效的管理。

- 认知能力——指的是在变化多样的环境中，能够通过使用适当的感知力、洞察力和判断能力，有效地指导项目。

- 有效性——指的是通过在所有项目管理活动中使用合适的资源、工具和技术，产出期望的结果。

- 职业精神——指的是在项目管理实践中，在责任、尊重、公平和诚实等各个方面能够遵守职业道德规范。

个人能力的各个元素间可能存在着重叠的地方，有些能力元素之间具有一定的相似性。另外，还有一些个人能力没有包含在本书定义的项目经理个人能力的范畴内。图 3-1 表示了以上提到的诸类情况。

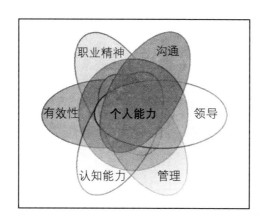

图 3-1　个人能力

3.3 执行标准和证据类型

每个能力单元包含了若干个能力元素，这些元素是个人能力的必要组成部分。执行标准描述了能够展示并证明某种能力的行为。通常，要对个人行为做出非常客观的判断并不容易。本框架中为每个执行标准都列举了一些证据类型，这些证据类型有助于判断项目经理的行为是否符合相应的执行标准。

图 3-2 展示了个人能力元素的基本结构。

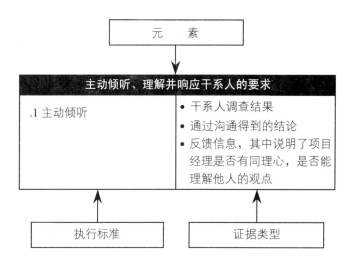

图 3-2　能力元素的结构

有些证据来自项目文档，有些证据来自干系人或项目团队成员对项目经理行为的观察记录。有些证据可以用在多个执行标准的判断中。证据的重复是合理的，因为不同能力单元定义的行为虽然不同，但是用来证明这种行为的证据可能是相同的。本章列举的这些证据对评估者应该可以起到一定的指导作用，但是要注意，这些证据并不是必需的、强制的，它们只是一些典型的例子。

图 3-3 概括了本章介绍的所有个人能力单元，以及每个单元的能力元素。

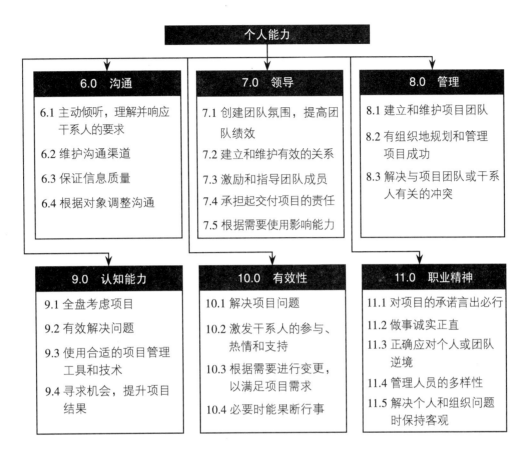

图 3-3　个人能力单元

3.4　个人能力单元

PMCD 框架的目的是强调在大部分情况下、大部分项目中，项目经理所需具备的项目管理能力。下面对第 1 章中提到的个人能力进行详细介绍（见表 3-1～表 3-6）。

表 3-1　个人能力——沟通

6.0 能力单元：沟通	
采取适当的方法，使用准确的、合适的、相关的信息与干系人进行有效的交流	
元素 6.1 主动倾听，理解并响应干系人的要求	
执行标准	证据类型
.1 主动倾听	<ul><li>干系人调查结果</li><li>通过沟通得到的结论</li><li>反馈信息，其他说明了项目经理是否具备同理心，是否能理解他人的观点</li></ul>

元素 6.1 主动倾听，理解并响应干系人的要求	
执行标准	证据类型
.2 理解明示和暗示的沟通内容	通过沟通得到的结论 可以证明信息已被接受并被理解的文档
.3 对干系人的期望、担忧和问题做出回应并采取行动	重要问题处理记录（如问题日志） 变更请求文档 干系人调查结果
元素 6.2 维护沟通渠道	
执行标准	证据类型
.1 主动邀请干系人参与	证明干系人的需求已被满足的文档
.2 有效分发信息	可以证明项目经理通过会谈、调查、通告、讲话或观察等方式进行了有效沟通的文档 可以证明项目经理与相关干系人进行了必要的、及时的沟通的文档
.3 保持正式和非正式的沟通	计划内会议或计划外会议的纪要，以及头脑风暴会议的纪要等 通信记录 讨论会之后的备忘录或后续跟进方案 干系人是否可以及时获取所需信息的反馈意见
元素 6.3 保证信息质量	
执行标准	证据类型
.1 使用合适的信息来源	记录了信息来源及信息分析过程的文档 对信息来源的反馈意见
.2 提供准确的基于事实的信息	证明所提供的信息是基于事实的文档 证明所提供信息的准确性的文档
.3 对信息进行核实	行业专家（如兴趣小组、专业团体等）给出的意见记录 会议纪要
元素 6.4 根据对象调整沟通	
执行标准	证据类型
.1 提供相关的信息	证明信息接收者确认所收到的信息是有用的信息的文档 高超演讲技能的展示
.2 根据对象选用恰当的沟通方法	不同关系人所偏好的沟通方式，包含在干系人分析文档中 会议纪要等文件，其他可以证明项目经理选用的沟通方式是合适的 干系人反馈意见，它可以证明项目经理选用的沟通方式是合适的
.3 根据环境和设施等调整沟通	对项目经理以下行为的反馈意见： ● 及时识别并响应他人特殊的沟通需求和其他相关要求 ● 恰当使用正式的、非正式的、语言的、非语言的和其他辅助形式的沟通手段 ● 团队会议纪要或演讲纪要 ● 选择合适的沟通地点、时间、参与者和保密级别等

表 3-2　个人能力——领导

7.0 能力单元：领导	
指导、动员和激励项目团队成员及其他干系人，管理和解决问题，从而有效地实现项目目标	

元素 7.1　创建团队氛围，提高团队绩效	
执行标准	证据类型
.1　表达对团队的良好期望	团队对以下方面的反馈意见： ● 对团队成员能力的认可 ● 对决策的支持 ● 设置积极的期望
.2　推动团队学习，促进职业和个人提升	个人发展计划 为个人发展提供的资金预算 项目团队反馈意见 团队成员新增技能记录
.3　始终一致地鼓励团队	项目经理采取建设性的行动，鼓励团队协作，尊重不同的观点和个性的例子 证明团队成员获得独特的技能或能力的文档 为团队中的组长明确职责，设置清晰的、一贯的目标
.4　要求高绩效并且能以身作则	记录了个人绩效标准和质量标准的文档 项目经理实际绩效与标准之间的差距记录 能够证明项目经理确实在工作中以身作则的文档 帮助项目团队成员践行承诺的例子

元素 7.2　建立和维护有效的关系	
执行标准	证据类型
.1　根据项目文化和当地文化，建立仅限于工作事务的关系	来自项目团队和干系人的反馈，它可以证明项目经理和干系之间维持了正式的工作关系 正式与非正式沟通的指导性框架文档
.2　建立干系人之间的信任和信心	以下方面的一些例子： ● 在各种情况下都能保持正直公正 ● 言出必行 ● 在各种情况下都能提供一致的信息 ● 当团队成员遇到不公正批评时能提供支持 ● 保持镇定 ● 能公平对待合作伙伴和卖方
.3　创造鼓励干系人开诚布公、互相尊重并且相互关心的环境	来自干系人的反馈，它可以证明项目经理在分析问题和解决问题的过程中保持开放的态度 开诚布公的政策（针对与项目相关的事务，在任何时候都是合适的） 对他人的感受和价值能灵敏觉察并真诚回应的例子 证明项目经理在做决策时能够保持公平并依据事实的文档

元素7.3 激励和指导团队成员	
执行标准	**证据类型**
.1 建立项目愿景、使命和战略价值，并与团队进行沟通	陈述项目愿景、使命、战略价值的例子 团队反馈意见，它可以证明他们理解了项目的战略价值 项目经理理解制定项目战略的理由，并且能与团队成员分享项目战略的例子
.2 根据组织方针进行绩效奖励	表彰和奖励记录 为团队成员的成功进行规划的例子 项目经理定期为成员举办成就庆祝会，并能确保成员得到了应有的奖赏的例子
.3 担任成员的导师，帮助成员提升	项目经理担当了成员导师的例子 项目经理被推选为成员导师的例子 对项目经理作为导师所做的工作的反馈意见 成员依据其个人发展计划所取得的进展的例子
元素7.4 承担起交付项目的责任	
执行标准	**证据类型**
.1 展示自己对项目的责任感和承诺	项目经理主动邀请所有干系人和项目团队成员参与的例子 项目经理快速识别项目中可能出现的障碍、延误和风险的例子 报告或会议纪要，它可以证明项目经理为项目出现的大问题负起了责任 当项目结果不符合要求时，项目经理负起责任的例子
.2 以促进项目目标的实现为前提，安排个人活动和优先级	记录了优先级计划的文档 高优先级行动项列表 项目经理能够主动管理事件的例子
.3 支持和促进团队的行动和决策	来自项目团队成员的反馈，它可以证明项目经理行事果断 会议纪要，它可以反映项目经理对团队行动和决策的支持 与项目团队并肩作战，承担完成项目工作责任 在高层面前能表明立场，支持团队的行动
元素7.5 根据需要使用影响能力	
执行标准	**证据类型**
.1 根据干系人情况，采用不同的方式向干系人施加影响	项目经理在不同情况下使用了不同的领导风格的例子 描述项目经理采用了多种方法来施加影响的文档 项目经理具备很强的引导和谈判技巧的例子 项目经理具备教育他人的技能的例子
.2 借用专家或第三方的影响来说服他人	项目经理使用他人的职位权力来扩大自己的影响力的例子 项目经理使用第三方的知识权利来扩大自己的影响力的例子 项目经理从项目出发（而不是从私利出发）建立关系网并获取众人的支持的例子

表 3-3 个人能力——管理

8.0 能力单元：管理
通过调配和使用人力资源、财务资源、物料资源、知识资源和其他无形资源，对项目进行有效的管理

元素 8.1 建立和维护项目团队	
执行标准	**证据类型**
.1 清晰说明对团队成员的期望及他们的职责，确保成员能理解他们对于项目的重要意义	来自项目团队的反馈，它可以证明他们对角色和职责的划分有清晰的了解 团队通信记录 记录了项目指示、任务和分配的文档 发布的资源分配矩阵表（Resource Assignment Matrix，RAM） 团队成员主动参与团队活动的例子
.2 在团队成员之间营造一种积极的态度和有效的关系	有效解决冲突的例子 来自团队成员的反馈，它可以证明： ● 在项目环境中采取了理性行为，展示了对他人的尊重 ● 真诚认可他人的建议和他人的专长 ● 愿意向他人学习 有助于团队凝聚与团队和谐的团队活动 为项目工作和成就举行的庆祝会
.3 识别、评估和选择内部和外部的人才	项目资源需求文件 从内部资源库中识别的团队成员候选人清单 事先制定的资源获取选择标准
.4 提倡工作与生活的合理平衡	来自项目团队成员的反馈意见 会议纪要，其中谈到了有关平衡的问题 为了获取平衡而采取的行动计划 为了提升工作效率和效果而采取的行动

元素 8.2 有组织地规划和管理项目成功	
执行标准	**证据类型**
.1 与他人一起识别项目范围、角色、期望和任务说明	反馈意见，它反映了团队其他人在规划过程中的参与程度
.2 在项目中采用组织或行业标准，以及被普遍接受的实践方法	记录了项目团队、干系人和行业专家对遵守行业通用实践方法的意见和看法的文档 拥有项目管理协会（PMI）、特别兴趣小组（SIGs）、相关研讨会、会议或组织的会员资格 提出的评测和改进方案，旨在达到和超越行业通用实践方法 整合了行业标准的项目计划
.3 为了实现项目成功，在采用普遍接受的实践方法时能进行适当裁剪	对通用实践方法进行修改的记录 为了适应通用实践方法，经过批准之后，对项目管理流程所做的修改

元素 8.2　有组织地规划和管理项目成功	
执行标准	**证据类型**
.4　对项目信息进行组织，强调合适的信息详细程度	项目中使用标准方法论的例子 会议纪要 项目状况报告和更新 项目产品的存档记录 知识管理的例子
.5　坚持遵守流程、步骤和政策	对是否符合流程、步骤和政策的监督记录 强制执行的政策和流程 项目管理所使用的绩效指标文档
元素 8.3　解决与项目团队或干系人有关的冲突	
执行标准	**证据类型**
.1　确保团队和干系人完全了解团队规则	说明团队规则的文档
.2　识别冲突	项目中出现的冲突的例子 团队调查结果
.3　解决冲突	所使用的冲突解决方法 来自团队和干系人的反馈，它可以说明他们对冲突解决的满意程度

表 3-4　个人能力——认知能力

9.0　能力单元：认知能力	
在变化多样的环境中，能够通过使用适当的感知力、洞察力和判断能力，有效地指导项目	
元素 9.1　全盘考虑项目	
执行标准	**证据类型**
.1　理解项目干系人的需求和利益，及其对项目成功的影响	干系人分析报告 根据干系人要求制定的沟通计划 记录在项目章程和项目计划中的干系人需求和目标
.2　理解项目中的各个行动对项目其他领域、组织的其他项目及组织环境的影响	包含在项目进度计划中的相关外部活动 如果项目对组织环境产生影响，所需要的必要的文档记录
.3　理解正式的组织结构和非正式的组织结构	来自干系人的反馈信息，它反映了项目经理使用正式和非正式的组织知识的情况
.4　理解组织中存在的政治因素	来自干系人的反馈信息，它反映了项目经理在组织政治环境下运作项目的能力
.5　使用情商来理解和解释一个人过去的行为和当前的态度，并且能预测其将来的行为	反馈意见，它可以反映项目经理是否具备捕捉团队成员语言和非语言信息含义的能力 来自团队的反馈，它说明了项目经理所展示的行为是否恰当 反馈信息，它可以说明项目经理针对不同的个人，使用了不同的说服技巧和激励技术

元素 9.2 有效解决问题	
执行标准	**证据类型**
.1 通过完整和准确的分析，降低问题的复杂性	项目问题及相互关系的直观表现（如清单、图表、关系图等） 表明曾经采用分解技术，把复杂的问题进行拆分以期找到解决方案的分析文件
.2 根据需要使用复杂的概念或工具	记录了分析复杂问题所采用的方法的问题日志 使用根本原因分析、项目组合分析、专家判断法等的记录 问题分析过程记录
.3 应用经验教训来解决项目当前的问题	记录了应用经验教训来解决当前项目问题的过程的文档
.4 综合考虑多个相互关联的问题，形成问题的全局观	总结报告或者项目记分卡，它说明了项目问题之间的关系
.5 观察项目数据的偏差、趋势和相互关系	对信息验证和确认的要求 趋势分析文档
元素 9.3 使用合适的项目管理工具和技术	
执行标准	**证据类型**
.1 理解项目管理工具和技术	可选的工具和技术列表
.2 选择合适的工具和技术	选择的工具和技术列表 选择过程和结果记录
.3 在项目管理中应用所选择的工具和技术	通过使用工具和技术所取得的结果
元素 9.4 寻求机会，提升项目结果	
执行标准	**证据类型**
.1 为识别机会和担忧提供指导框架	发送给所有项目团队成员的有关问题、机会和担忧的清单，以及一个清晰的沟通流程，告诉团队成员如何更新该清单 及时更新的问题日志，而且就其中的变化和增加与所有干系人进行了沟通 会议纪要，记录了所识别的问题以及针对问题的解决方案 对问题解决计划和实际解决结果进行比较的记录
.2 寻求机会，提升项目价值并且付诸行动	风险登记册，它显示了机会 头脑风暴等会议纪要，它识别了新的机会 对项目的建议，或者已经采取的行动和相关结果
.3 当相关机会出现的时候，能够捕捉机会	有关机会分析的会议纪要 执行"变更控制流程"的相关记录 在项目的演变过程中，机会出现的时间及细节例子
.4 整合机会，把机会移交给组织	有关项目机会的电子邮件、会议纪要和其他沟通记录 发给客户或内部干系人的建议书，告诉他们追寻机会可以获得的额外价值 识别和追寻的机会总数

表 3-5　个人能力——有效性

10.0 能力单元：有效性
通过在所有项目管理活动中使用合适的资源、工具和技术产出期望的结果

元素 10.1 解决项目问题	
执行标准	**证据类型**
.1 采用合适的问题解决技术	需求分析文档（如设计参考依据列表） 干系人对问题解决技术的反馈意见 对是否使用了恰当的知识管理工具的文档记录 问题日志，包括了问题解决方案
.2 验证提议的方案确实解决了问题，而且没有超出项目的边界	对是否使用了恰当的知识管理工具的文档记录 问题日志，包括了问题解决方案 干系人对问题解决结果的反馈意见
.3 选择能够使项目收益最大化、项目所受负面影响最小化的解决方案	来自干系人的反馈，它可以证明问题已经得到解决 记录了解决方案对项目产生的影响的文档 记录了解决方案对外部或环境产生的影响的文档

元素 10.2 激发干系人的参与、热情和支持	
执行标准	**证据类型**
.1 通过与干系人的沟通来持续激发其参与热情	沟通计划 干系人分析文档更新 来自干系人的反馈，它反映了干系人对项目的热情
.2 不断寻求机会，就项目状况和项目方向与干系人进行沟通，以期满足干系人的需求和期望	寻求机会与干系人沟通项目状况的例子 来自干系人的反馈，它说明了他们的需求得到满足的情况
.3 邀请专家参加会议和讨论，影响并获取干系人的支持	在不同的问题上，如何达成一致，如何获取支持的一些例子 会议纪要，记录了邀请的领域专家为干系人提供的咨询意见
.4 采用客观标准来达成共识	记录如何使用最佳实践来进行团队决策的文档 影响一些存有偏见的成员改变看法，从而采取客观立场的过程的例子

元素 10.3 根据需要进行变更，以满足项目需求	
执行标准	**证据类型**
.1 适应项目环境的变化，把对项目的负面影响降到最小	来自干系人的反馈，它说明项目经理面对变革能体现一种积极应对的态度 对风险缓减行动的记录
.2 针对有益于项目的变更，能表现出足够的灵活性	识别出新的机会后，对风险登记册所作的更新 机会分析记录 变更请求

元素 10.3 根据需要进行变更，以满足项目需求	
执行标准	**证据类型**
.3 主动采取行动捕捉机会，或解决当前问题	来自干系人的反馈，它证明项目经理采用了行动导向的、有预案的工作方式 项目经理解决重大问题的例子 描述项目执行过程中使用的技术和方法的相关文档
.4 倡导持续学习，营造适宜变更的环境	向团队成员推荐培训的记录 项目进度计划，它包含了团队成员研究新方案、状况和技术的时间 项目文档库中描述项目执行过程中使用的技术和方法的相关文档
.5 充当变更的执行者	来自干系人的反馈，关于由项目经理发起的或引导的变更 来自干系人的反馈，它说明了项目经理展示了积极的自我尊重和自信
元素 10.4 必要时能果断行事	
执行标准	**证据类型**
.1 需要时，能主动采取行动，承担一定的风险，以加速项目交付	来自干系人的反馈，它可以证明项目经理在必要时主动采取了行动 记录了解决问题的问题日志 显示了快速决策通道的问题升级报告
.2 阻止没有结果的讨论，制定决策，采取必要的行动	团队成员对所采取的行动的反馈意见 项目经理否绝了一项提案，但没有引起纠纷，仍能保持合作的例子 项目经理通过评估现状，采取果断行动解决了一场危机的例子
.3 行动中能体现坚持与一贯性	来自干系人的反馈，它可以证明项目经理展示了其坚持和一致性 会议纪要、行动通知和状况报告，它展示了所做的决策 项目经理面对挑战时能保持热情的例子
.4 依据事实，及时决策，管理模糊性	决策备忘录或者决策分析文件，它说明了对问题的客观分析和迅速的决策过程 载有从记录问题到解决问题所持续的时间的问题日志 显示了快速的决策通道的问题升级报告

表 3-6　个人能力——职业精神

11.0 能力单元：职业精神	
在项目管理实践中，在责任、尊重、公平和诚实等各个方面能够遵守职业道德	
元素 11.1 对项目的承诺言出必行	
执行标准	**证据类型**
.1 理解并积极支持项目和组织的使命与目标	记录了项目意义和目标与组织使命和战略相一致的文档 当项目目标与个人偏好存在偏差时，能选择支持项目的例子 所定义的项目活动能够支持组织目标的例子

元素 11.1 对项目的承诺言出必行	
执行标准	**证据类型**
.2 与所有干系人合作以实现项目目标	通过具体的协作努力来实现项目目标的例子 通过团队建设技术来加强合作的例子
.3 必要时做出牺牲以使项目继续进行	把执行项目放在首位，而把个人利益放在其后的例子 当项目经理遇到挑战时能展示其积极的态度的例子
元素 11.2 做事诚实正直	
执行标准	**证据类型**
.1 遵守所有的法律要求	来自干系人的反馈，证明所有的法律要求都得到遵守 记录了项目中适用的法律要求都得到了干系人的书面批准的文档
.2 工作中能遵守公共道德标准	来自干系人的反馈，它可以证明在遵守道德标准方面，项目经理能以身作则 来自干系人的反馈，它可以证明项目经理没有向任何干系人提供不合适的费用和其他物件，也没有接受来自任何感谢人的不合适的费用和其他物件
.3 主动避免任何可能的利益冲突，如有，则能主动地向所有干系人陈述	有关潜在利益冲突的真实汇报的例子 组织利益冲突（Organizational Conflict of Interest，OCI）说明和OCI 计划
.4 维护和尊重敏感信息的保密要求	来自干系人的反馈，证明对敏感信息采取了保密措施 标注了文件的保密或安全级别说明的项目文档
.5 尊重他人的知识产权	就受保护的知识产权的使用达成的书面协议 搜索潜在适用的产权、商标和版权的过程的记录 当使用受保护的知识产权时，都附有版权说明，并能注明出处的例子
元素 11.3 正确应对个人或团队逆境	
执行标准	**证据类型**
.1 在各种环境下都能保持自我控制，镇定做出反应	项目经理能有效控制强烈的情绪冲动（如愤怒或极端沮丧）的例子 使用压力管理方法来控制情绪反应，防止失控，处理持续存在的压力 来自干系人的反馈，它可以说明项目经理展示了其良好的自控能力
.2 承认缺陷，毫不含糊地承担失败的责任	来自干系人的反馈，它可以证明项目经理能积极聆听建设性的反馈意见并且能付诸行动 项目经理承担失败责任的例子

元素 11.3　正确应对个人或团队逆境	
执行标准	**证据类型**
.3 从失败中学习，从而提高将来的绩效	文档化的经验教训总结 来自干系人的反馈，它可以证明项目经理确实能从失败中吸取教训 项目经理能分析自己的绩效，理解错误和失败的原因的例子
元素 11.4　管理人员的多样性	
执行标准	**证据类型**
.1 在项目环境中营造互相信任和尊重的气氛	来自团队的反馈，它证明项目经理能了解和尊重文化差异，并且愿意适应和协调文化差异 团队在一起庆祝成就的例子
.2 确保团队能遵守文化习俗、法律要求和道德价值	描述道德标准和干系人价值体系的文档 项目经理具有一贯的、良好的道德判断和行为的例子 适用于项目的法律、标准和当地风俗的分析文档
.3 尊重个人、道德和文化上的差异	来自团队的反馈，它证明项目经理尊重个人的、民族的、和文化的差异 项目经理认可每个团队成员的贡献的例子
.4 创建一种对个人差异保持信任和尊重的氛围	来自团队的反馈，它说明了他们充分认可项目经理对个人差异的尊重 项目经理创造了一种激励的环境，使他人可以最大限度地发挥自己的价值的例子
元素 11.5　解决个人和组织问题时保持客观	
执行标准	**证据类型**
.1 尊重组织的项目管理运作框架	来自干系人的反馈，它证明项目经理能够尊重组织赋予他的权力 来自干系人的反馈，它证明项目经理能够遵守项目集或项目组合中定义的协作与报告规则
.2 平衡个人利益和组织利益	来自干系人的反馈，它证明项目经理能清楚辨别个人利益和组织利益的不同 来自干系人的反馈，它说明项目经理能遵守 PMI 的职业道德标准
.3 毫无偏见地委派合适的人做合适的事	技能评估文档，它反映了每个团队成员的强项和弱项 与团队成员技能评估相一致的职责分配矩阵 项目经理在委派人员时能使成员通过挑战现状而得到成长

第 *4* 章

项目经理能力提升

本章主要阐述如何把第 2 章和第 3 章中介绍的能力框架应用于项目经理能力的提升。项目经理能力持续发展过程如图 4-1 所示。

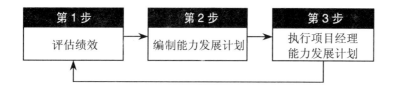

图 4-1 能力发展过程

项目经理和组织可以使用上述能力发展过程来评估项目管理绩效,持续提升项目管理水平。这个过程并不是对项目经理能力的一次性评估和确认,而应该是一个反复持续的过程。通过定期执行该能力发展过程,项目管理能力可以得到持续提升。因此,不要在一次评估过程中,就按照 PMCD 框架中定义的所有能力执行标准来审查项目经理的能力,而应该安排成一种循序渐进的过程。

能力发展过程的第 1 步:使用 PMCD 框架对项目经理的能力进行评估,并把评估结果作为衡量改进的基线。PMCD 框架设计的初衷是希望该框架可以适用于绝大多数项目经理,不管项目的内容、类型、规模和复杂度有什么不同。第 1 步的目的就是要识别项目经理的强项,同时确定项目经理哪些方面的能力还需要进一步提升。

那些能够满足或超过 PMCD 框架定义的执行标准的方面即可认为是项目经理的强项。那些不能满足 PMCD 框架定义的执行标准的方面即可认为是项目经理有待改进的弱项。评估结果要通知到相关人员并要进行记录。

能力发展过程的第 2 步：根据第 1 步评估的结果，准备一份能力发展计划。计划中应该确定为了达到改进目的项目经理应该执行的活动。

能力发展过程的第 3 步：执行第 2 步能力发展计划中确定的相关活动。执行这些活动的时候，还要考虑到组织和正在执行的项目的优先级规则和其他要求。同时，应该按照能力发展计划监督和跟踪这些改进活动的执行情况。

为了持续提升项目经理的整体能力，上述能力发展过程将被会被反复执行。

能力发展过程中的改进活动和评估方法也有助于确立培训方面的需求和绩效评估的需求。能力发展过程开始点和结束点的确定取决于项目经理或项目经理所服务的组织的目标。

本章涵盖的主要内容包括：

4.1 评估的严谨程度

4.2 第 1 步　评估绩效

4.3 第 2 步　编制能力发展计划

4.4 第 3 步　执行项目经理能力发展计划

4.5 总结

4.1 评估的严谨程度

本过程的使用范围非常广泛，从个人自我评估到组织范围的评估，直到（但不一定包括）PMCD 框架认证等级的评估。本过程的使用者包括：

- 项目经理

- 项目经理的经理

- 项目管理办公室的成员

- 负责建立和培养项目经理能力的主管

- 教授项目管理和其他相关学科的教育工作者

- 开发项目管理教育课程的培训师

- 项目或项目集管理方面的行业顾问

- 人力资源经理

- 高层管理者

能力发展过程中的严谨程度说明的是项目经理能力评测过程的全面程度、集中程度、广度和深度。根据使用者的不同及使用目的的不同，上述过程的严谨程度也有不同。本章将对不同严谨程度的评测方法进行介绍。组织或项目经理应该根据项目经理能力发展的重要程度来选择合适的严谨程度。如果组织对项目管理能力的要求非常高，那么应该选择严谨程度高的评测方法，从而保证对项目管理能力精准定位。

严谨程度很重要，如果严谨程度不够，则评测的结果可能没有意义，甚至是浪费时间。相反，如果投入了过多的时间和精力来生成一些根本就用不到的信息，那么这个过程的可信度就会大打折扣，甚至以后再要举办类似的评测时，就会遭到抵触。比如，评测者不应该花费两天的时间来评估一位项目经理的 200 个执行标准，目的仅仅是为了参加一个为期两天的项目管理基础课程。

低严谨程度的能力评测通常是一种比较随意的自我能力评测或非正式能力评测，主要用在个人发展计划的编制和落实上。在项目开工会议上，也可以使用 PMCD 框架中的部分内容来进行团队评测和风险规避。自我评测的缺点是每个人在审视自己的能力时很难保持客观一致，因此评测的结果往往存在偏差。有些人可以很好地了解自己，但有些人却做不到。有些人给自己制定的标准很高，结果导致他们的评估结果得分很低。因此，可以在执行完自我评测之后，请同事或者经理来对评测结果进行审查，根据需要加以纠正与补充。

项目经理有时候把自我评测作为一种自我学习的机会，此时他们通常选择低严谨程度的评测方式。有时候，在进行正式的第三方评测之前，也会先安排一个低严谨程度的评测。采用这种方式时，对过程的严谨程度要求较低，对证据的收集和提供也没有明确的时间限制。项目经理把自己的绩效与第 2 章和第 3 章中定义的执行标准进行对比，自我评测完成之后，通常会诱发其他需求，例如，需要他人帮助来制定个人发展计划，或建议从组织层面进行能力评测。

中等严谨程度的测评其随意程度要低一些，通常在评测过程中增加了以下方面的内容：

- 对每个执行能力和个人能力中的相关证据要进行审查。

- 360 度反馈，需要收集来自各个方面的反馈意见。

- 与项目经理进行面谈，对证据进行评估，从而更好地了解项目经理所做出的努力和贡献。

- 对要落实的行动事项提出具体的建议。

- 在执行提升计划之后要进行再评测。

中等严谨程度的评测要求执行评测的人员要具备必要的资质，从而确保他们可以顺利完成绩效评测。评测者不仅需要有评估方面的能力，还需要对项目管理能力有深入的了解。另外，相对低严谨程度的评测而言，中等程度的评测需要花费更多的时间，通常是前者的 2~4 倍。但是，中等程度评测的结果相对而言更具有使用价值，可被多次使用。

高严谨程度的评测过程应该被记录下来，因为将来会被反复使用，有时还会成为其他方面评测的参考依据。高严谨程度的评测通常根据需要增加以下内容：

- 由合格的、独立的评测者完成评测，从而保证对被评测人员的个人能力进行更为全面的观察。同时，建议的具体行动项应该被记录下来。

- 当被评测人员提到他在最近项目中的一些行为，而且通这些行为可以证明其达到某些能力元素的执行标准时，应该同时提交相关的项目文档，由评测者审查。

- 有时候需要通过研讨会或者情景模拟的形式来判断被评测者所声称

的具有的能力的真实性。

- 仔细记录过程中对每个评估环节的判断，协调独立打分过程中各评测者的主观差异。这样做是出于法律方面的需要，同时也是对评测者进行评估的需要。

高严谨程度的评测增加了投入，但提升了结果的可靠性。

4.2 第1步 评估绩效

在这一步，根据预定的严谨级别，选择相应的方法对项目经理的绩效进行评测。项目经理需要根据 PMCD 框架中的执行标准来收集相关证据，用于评测。组织也会对评测采用的定性的、定量的和说明性的方法进行规定，同时明确收集证据、审查证据的要求。

为了持续推进能力提升，评测的目标是通过审查证据来证明项目经理是否满足或者超出了 PMCD 框架中定义的能力标准。对可接受的评测结果级别应该在评测开始之前就预先确定，确定的方式可以很简单，举例如下：

- 低于期望，或能力需要提升。

- 满足期望，可以胜任。

- 超出期望，完全胜任。

如果通过评测发现能力有差距，则必须表述差距的程度，并且确定需要提升的方面。在测估过程的任何时候，如果发现能力差距，那就意味着被评测者所执行的项目正处于风险之中，因此，评测者需要立即采取措施来消除差距。

描述差距时，可以从能力维度、能力单元、能力元素等不同级别进行描述，也可以细化到具体的执行标准级别。并不是所有的差距都需要按照相同的详细级别进行检查，可以从全局的角度来反映差距（如图 1-3 所示的多维度图），也可以具体地分析每个单独的差距，从而确定具体的提升方案。

评测完成之后，应该生成一份计划，指导个人或组织朝着既定的目标和方向前进。组织应当着重改善那些可以带来巨大潜在收益的关键的待改善方面，而不应该企图一次性纠正所有识别出来的问题。

如果发现在一个能力元素或能力单元中存在相当大的差距，那么就要考虑更为复杂和综合的改进方案，从而纠正已存在的诸多偏差。评测者应该知道，当使用全局方式来陈述评测结果时，一个方面的强项可能会遮盖其他方面存在的弱项。因此，评测者应该确认什么时候使用全局方式，什么时候使用更为细化的方式。

4.2.1　从组织级别进行的评测

如果在整个组织中启动能力评测过程，那么评测的方法应该更为正式一些，通常采用中等严谨程度和高严谨程度的评测。评测者可能是被评测者的经理、资深的同事或者外部的评测者或咨询师。在很多组织中，通常请第三方来进行评测，从而确保在整个组织中使用统一的方法。第三方可能来自人力资源或者与培训相关的领域。

本章剩余部分在提到评测者的时候，不管他来自哪里，都统称为评测者。在自我评测的时候，评测者就是项目经理本人。

评测者应该与项目经理进行面谈，对评测过程进行讨论，并执行评测。建议项目经理先独立完成一个自我能力评测，并把自我评测的结果作为与评测者面谈的重要参考。

评测者对观察的过程和生成评测结果的理由进行记录和保存，这些信息将是制定和落实项目经理提升计划的重要依据。

组织有时需要在 PMCD 框架的基础上补充更多的项目管理能力，以满足组织对项目执行人员的期望。根据项目类型、项目所属行业和所需技术的不同，组织可能需要项目经理具备更多的能力。组织根据需要可以对 PMCD 框架进行调整，从而适应组织自身更高级别的要求。

4.2.2　评测日志

可以使用评测日志来记录评测中的发现，从而说明在执行标准或能力元素方面所存在的差距。图 4-2 是评测日志示例。

元素 1.1: 根据业务要求和客户需求定义项目

执行标准	证据类型	自我评测	评测者评测
1.1.1 证明自己能够理解项目与业务要求之间的关系	对业务要求与业务实现成功需求清晰明确的描述	满足期望	满足期望
1.1.2 确定所有关键干系人的业务特征	描述了项目经理所需实现成功需求的文档	满足期望	超过期望
1.1.3 确定产品或服务需求的准则，根据需求采用专家判断法	记录了干系人需求的文档，同时说明这份文档实施时使用项目计划之间的联系	满足期望	满足期望

评价: 这项表现得很好。并且能在整个项目过程中持续进行再确认

元素 1.2: 范围反映业务和客户的要求及期望

执行标准	证据类型	自我评测	评测者评测
1.2.1 了解项目范围	对范围清晰的描述	满足期望	低于期望
1.2.2 定义高级别的项目范围，确保范围与业务要求及客户需求保持一致	定义高级别范围与业务要求及客户需求保持一致	满足期望	超过期望

评价: 范围的文档化工作做得很好。组织有现成的文档化工具来帮助记录。项目经理学习这些工具的使用可从中受益

元素 1.3: 能理解高级别的风险、假设和约束条件

执行标准	证据类型	自我评测	评测者评测
1.3.1 制定项目级别假设和约束条件清单	记录了项目假设和约束条件的文档	满足期望	满足期望
1.3.2 识别并理解项目高级别的风险	量化分析后的高级别风险清单	满足期望	满足期望
1.3.3 对高级别风险进行定量分析		满足期望	

评价: 没有使用标准工具来收集和记录风险。识别出了一些风险，但是如果能使用现已有的风险识别流程，则能更加全面地识别出项目的风险

元素 1.4: 识别关键干系人，理解他们的需求

执行标准	证据类型	自我评测	评测者评测
1.4.1 识别所有的项目干系人	关键干系人列表	满足期望	满足期望
1.4.2 执行项目干系人分析，识别关键干系人，并且理解他们的日程安排	关键干系人要求及其日程安排描述	满足期望	超过期望
1.4.3 识别高级别的沟通需求	确定的高级别沟通需求	满足期望	低于期望

评价: 这种情况令人满意

元素 1.5: 完成项目章程草案，交由关键干系人审查

执行标准	证据类型	自我评测	评测者评测
1.5.1 制定高级别的项目方案	高级别方案文档	满足期望	满足期望
1.5.2 确定项目章程要包含的关键日期和关键交付物	日期和关键交付物清单	满足期望	超过期望
1.5.3 对项目章程准备提供支持	项目章程草案	满足期望	低于期望

评价: 虽然完成了，但是如果使用的项目章程模板，并且向有类似经验的项目经理咨询，则结果会更好

元素 1.6: 项目章程得到批准

执行标准	证据类型	自我评测	评测者评测
1.6.1 使用正式的治理流程获取发起人的批准和承诺	被批准的项目章程，以及项目治理文件	满足期望	满足期望
1.6.2 保存被批准文件以便将来参考	文件被保存，且便于查阅	满足期望	超过期望

评价: 虽然这不是一份标准的项目章程，但是项目经理获得得了一份标准的项目章程的批准

图 4-2 评测日志示例

4.3　第 2 步　编制能力发展计划

评测完成之后，就应该编制能力发展计划。使用第 1 步中所收集到的信息，确定每个项目经理的提升需求，从而帮助其逐步扩展其强项，这一点非常重要。

评测结果应该及时通报，因为评测结果中通常有一些事项需要立即采取纠正措施。另外，提升计划也要进行优先级管理，以确保那些对于个人和组织最为关键的事项能得到优先落实。优先级别确定之后，要制定切实可行的时间计划表。

着重关注那些高优先级的事项，也就是需要额外采取行动的方面，可以更为有效地实施能力发展计划。就像可以使用 WBS 把大项目分解为更容易管理的交付物一样，能力评估也有助于把能力元素进行细分。

4.3.1　确定能力发展需求的方式

可以通过多种方式来确定能力发展需求，具体选择哪种方式取决于以下因素：可用资源、成本和时间等。哪种方式最适用需要进行一定的分析。下面介绍的是几种学习型的环境，都可以用来确定能力发展需求。

- 导师方式——为项目经理指定一位导师，当项目经理需要帮助或者需要讨论项目中出现的问题时，可以直接向这位导师寻求帮助。导师可以是项目经理的直接主管，也可以不是。项目经理可以与导师讨论问题和对项目的担忧，对于如何应对和解决项目中出现的问题，项目经理可以向导师寻求建议。当项目经理需要确定能力发展需求时，导师方式是最佳的方式。导师方式通常是一种长期的行为，这种模式中，项目经理通常需要采取主动。

- 教练方式——指定一位胜任的教练与项目经理一起工作，帮助项目经理从教练的经验中获取教训，更多地了解项目管理流程、所服务的组织及这些因素对项目的影响。培训可以帮助人们从他人的经验中学到知识，而有效的教练方式可以帮助项目经理从自身的实践经验中学到知识。

- 同事互助方式——当项目经理之间的能力水平相差不大而且能彼此互相支持时可以采取这种方式。这种方式可以在两位或多位项目经理之间创造一种积极的相互支持的工作氛围。有时候，需要请一位更有经验的资深项目经理参与其中，以确保大家的工作方式与最佳实践相一致。

- 角色扮演方式——针对某些特定的能力提升和行为改进，可以采用角色扮演的方式。参与者使用角色扮演的方式挖掘项目环境中与人相关的动态因素。这种活动通过幽默或戏剧形式，帮助人们加深理解，并提高学习效果。

- 工作中培训——项目经理可以参与真实的项目来获取经验，建立自信，逐渐扩展经验范围。采取这种方式时，通常委派项目经理参与一个小型的、复杂程度较低的项目，直到可以证明他具备了相当的项目管理能力。采取这种方式并不意味着可以放任项目经理失败，而是意味着给项目经理创造一个学习的机会。采取这种方式需要统一的、系统的安排，并且要为其提供支持。

- 集体培训方式——这种类型的培训可以由教育机构来提供，专门为多位需要在同样方面进行提升的项目经理举办。作为整体提升的一部分，集体培训方式通常适用于入门级的培训，其他更为具体的提升可以通过其他方式来完成。

- 内训方式——由一位有经验的项目经理在组织内部提供培训。内训可以是一门完整的项目管理课程，也可以是根据已经识别的组织当前存在的缺陷而专门开发的课程。

- 基于计算机的培训（Computer-Based Training，CBT）——CBT 指通过计算机把培训内容程序化，并最终通过计算机系统进行呈现的一种培训。这种方式适合个体学习者自己学习，采购的 CBT 通常都可以由学习者自己控制学习进度，并按自己的便利情况进行学习。CBT方式还可以与其他学习方式结合使用，是一种便捷的更新知识的方法。

- 个人参加的培训——当一位或多位项目经理需要在某个特定领域进行培训而内部相关资源又有所缺乏时，可以让项目经理个人去参加培训。目前有很多注册的教育提供商（Registered Education Provider，REP），这些资源的清单及各自涵盖的专题领域，可以在项目管理协会的网站 www.pmi.org 上找到。

- PMI 赞助的活动——PMI 提供丰富的培训和教育活动。这些活动的清单及每次活动所涵盖的专题也可以在项目管理协会的网站 www.pmi.org 上找到。

- 公共教育——很多大专院校都提供项目管理的培训，同时也提供项目管理方面的认证课程和学位课程（包括研究生课程）。

- 会议——职业项目经理可以通过参会接触到很多新鲜话题和知识，从而获得收益。

4.3.2　能力发展计划的制定

在制定能力发展计划时，评测者与项目经理需要讨论和确定以下事项：PMCD 框架中的参考项、针对已识别差距的改进活动、消除差距的目标日期及要实现的程度。

能力评测之后要马上着手制定能力发展计划，计划中要列出所有需要落实的事项。图 4-3 是一份能力发展计划的示例，其中，每一行表示一个学习元素，说明项目经理将采取什么行动弥补差距，以及改进后期望达到什么水平。把能力发展计划中所有的学习活动综合起来，就形成了项目经理为了达到既定能力水平的行动方案。

能力发展计划既应该包括针对待提升方面的行动项，还应该包括如何继续发挥强项的方案。该计划中需包括要采取的实际行动、时间计划、成本计划和考核方式等。该计划的责任人是项目经理本人，但是很多情况下，组织内部会委派一位计划的赞助者（Sponsor）。赞助者可能是项目经理的直接主管，或者是一位资深的导师。组织委派主管、赞助者或导师参与对项目经理能力发展计划执行过程的监控，同时还可以促使他们对项目经理的职业发展提供支持。

行号	标签（举例）	PMCD 框架中的参考项	所需的学习结果（或行为）	学习方式	目标日期	导师姓名	提升前的状况	提升后要到达的水平
21	影响行为	个人 2.5.1	持续审查需要应用说服能力的情形及哪种说服方法最可能获得成功	导师形式/教练形式	2007年12月	亚瑟·怀特	低于期望，2006年6月16日	超出期望，2007年12月5日
22	定义项目范围时所需的详细程度	执行 2.1.1	提升使用WBS来分解项目范围的能力	有关使用WBS的培训课	2006年10月	—	低于期望，2006年6月16日	满足期望，2006年10月

图 4-3　能力发展计划示例

4.4　第 3 步　执行项目经理能力发展计划

当项目经理和评测者就能力发展计划达成一致后，就可以开始进入计划的实施阶段了。

4.4.1　完成计划中确定的活动

项目经理是能力发展计划的责任人，负责交付最终期望的成果。项目经理执行这份计划与项目经理执行其他项目计划没有区别。

组织需要参与项目经理能力发展计划的制定，并对计划的实施过程提供支持，但是执行该计划或实现预期的收益仍旧是项目经理自己的责任。这份计划的执行结果将有助于项目经理提高工作绩效，获得职业发展。

4.4.2　监督计划的执行

对计划的监督应该在计划框架得到认可时就马上开始。能力提升计划的执行需要花费成本，因此计划需要得到批准并获得预算。

在对计划进行监督的过程中，还要留意计划是否仍旧具备实际指导意义。项目经理所处的环境可能发生变化；当前的项目可能需要不同类型的支持，因而新的强项可能呈现出来；计划中的某个活动可能无法再产生期望的结果，可能需要重新确定整改行动来提升某些弱项。

能力发展计划应该由赞助者定期进行监督。对于计划中的每个里程碑，必须要有可度量的结果，例如：

- 正式的培训；

- 来自干系人的反馈意见；

- 为干系人做的演讲；

- 项目成果交付；

- 指导活动；

- 与同事间建立关系网。

通过收集与结果相关的数据，可以判断改进过程的具体进展。当完成了一个活动或者交付了一个结果时，就应该根据计划进行汇报，并且和相关干系人进行沟通。项目经理应该定期对计划进行非正式的审查，至少每个月一次。正式的审查应该在关键里程碑、阶段或者项目完成后进行，届时应该请主管、赞助人或导师一起参与审查过程。很多组织把这类审查作为绩效管理流程的主要组成部分。

4.4.3　对计划提供支持

能力发展计划的成功主要依赖于项目经理自身的积极性，同时也依赖于他所获取的支持。在组织中，这样的支持来自项目经理的直接主管和资深的同事们。要想获取来自组织的支持，项目经理需要注重关系的培养，必须保证大家对自己的能力发展计划有所了解，例如，计划包括什么内容，计划的执行如何逐步展开，需要哪些方面的支持等。如果希望从某人那里获得支持，项目经理就应该向他介绍自己的计划、解释预期的收益，并且保证相关干系人能及时了解最新的信息。

4.4.4　对计划的执行进行评估

在执行该计划的过程中，要持续地对所取得的进展进行评估。当计划中规定的行动全部完成后，项目经理应该能够证明预先确定的能力发展需求得到了实现。那么，此时应该是项目经理为自己的进步庆祝的时候了。

对于每一个付诸实施的计划，都需要对其实施结果进行正式审查，从而确定是否真正取得了期望的结果。审查时需要关注的问题包括：

- 该计划制定得是否合适？

- 是否交付了所需的结果？

- 项目经理和计划是否得到了充足的支持？

- 是否还存在更好的行动方案，可以产生更好的行动结果？

- 这份计划是否还被其他人复用？

4.5 总结

PMCD 框架前面几章定义的执行能力和个人能力，连同《PMBOK®指南》（第 3 版）中定义的知识能力是一位胜任的项目经理所必须具备的能力。每个组织放入下面通常可以使用该框架中定义的相关能力，结合组织自身特定环境所要求的其他能力，根据自身特征对该框架进行定制化调整。

本章建议把项目经理能力的发展看做一个渐进循环提升的过程，也就是：先评估项目经理的能力，制定项目经理能力发展计划，执行能力发展计划，然后再重复该过程。

能力发展的每次循环都应该被看做一个单独的项目。项目经理为计划负责，也为最终交付的成果负责。项目经理需要执行该能力发展计划，就如同执行其他项目的计划。能力发展计划的成功依赖于项目经理自身的积极性，也依赖于其他资深项目经理和同事所给予的支持。

PMCD 框架第 2 版为个人和组织评测、规划和管理项目经理的职业发展提供了指导。使用该框架可以为个人和组织持续的能力发展之路提供结构化的方法。

附录 A

第 2 版的变更

本附录详细介绍项目经理能力发展框架从 2002 年最初发布的版本到目前第 2 版的演变过程。

结构变化

PMCD 框架第 2 版的编写项目团队在进行更新时，着重考虑了以下几个方面：

- PMI 所做的调查，也就是发布在《PMP®考试规范》中的项目管理专业人士（PMP）角色职位研究；

- 与当前 PMI 诸标准，特别是《项目管理知识体系指南》（*PMBOK®Guide*）（第 3 版）的一致性；

- 从市场上收集到的针对 PMCD 框架 2002 版的反馈意见；

- 把 PMCD 框架提交到 ANSI 获取其批准，从而成为美国国家标准的可能性。

基于以上考虑，新版本在结构和名称上做了相应的调整，见表 A-1 和表 A-2。

表 A-1 PMCD 框架结构变化

2002 版	第 2 版
根据《项目管理知识体系指南》中的知识领域确定了九个执行能力单元	根据《PMP®考试规范》中的执行领域确定了五个执行能力单元

续表

2002 版	第 2 版
以《项目管理国家能力标准/澳大利亚项目管理协会（AIPM）》为依据，定义了执行能力单元中的元素	以《PMP®考试规范》为依据，以"结果"的形式描述每个执行能力单元中的元素
根据"Spencer 模型"确定了六个个人能力单元	对六个个人能力单元进行了进一步定义，涵盖了 PMI 职业道德行为规范
第 4 部分"项目经理能力提升"没有体现出应有的价值	第 4 章"项目经理能力提升"包含了一个能力发展框架，这个框架有助于规划和落实项目管理能力的持续提升

表 A-2　PMCD 框架名称变化

2002 版	第 2 版
第 2 部分　执行能力 项目整体管理 项目范围管理 项目时间管理 项目成本管理 项目质量管理 项目人力资源管理 项目沟通管理 项目风险管理 项目采购管理	**第 2 章　执行能力** 启动项目 规划项目 执行项目 监控项目 收尾项目
第 3 部分　个人能力 成就与行动 帮助与人员服务 冲击与影响 管理 认知 个人有效性	**第 3 章　个人能力** 沟通 领导 管理 认知能力 有效性 职业精神

写作风格

编写本框架第 2 版时，为了在应用标准和最佳实践方法时保持一致，项目团队制定了统一的风格指南。风格指南在文档编写、审查和编辑过程中为团队提供了详细的指导，从而保证了最终文档中语气、结构和用词的统一。

项目团队把文档审查过程分为五个步骤，使用了五步流程，每个步骤的关注点分别为：语法和标点符号、内容分析、术语命名、整体外观（如格式和用法），以及语气的一致性。

第 1 章

PMCD 框架的第 1 章主要对其他各章内容进行简要介绍，由于第 2 版中各章内容都有变化，因此第 2 版第 1 章的内容也相应做了调整（见表 A-3）。

表 A-3　PMCD 框架第 1 章的变化

2002 版	第 2 版
没有明确目标读者	明确了目标读者
对能力维度进行了详细解释，包括知识能力	对能力维度进行了简明扼要的描述
讨论了项目经理能力与项目成功之间的关系	项目成功这部分内容被删除
说明了编写过程中用到的信息资源	详细描述了 PMCD 框架与 PMI 其他标准及出版物的一致性
详细解释了 PMCD 框架的结构和章节编号方式	结构更为简单合理，因此不需要对此进行详细的解释

除此之外，还对第 1 章做了其他调整。因为项目团队认为，在第 1 章中应该清楚说明谁有可能从 PMCD 框架中获益，因此第 2 版的第 1 章中明确定义了框架的目标读者。

另外一处与第 1 版最明显的区别在于，第 2 版中没有对知识能力进行详细定义。但第 1 章对此调整做了相应的解释，同时提供了更为简洁明了的项目经理能力维度整体架构图。

项目团队认识到"项目成功"这个概念包含有太多的含义，项目成功并不是项目经理能力的必然结果，因此，项目团队最终决定把"项目成功"这部分内容从新版中移除出去。

PMCD 框架 2002 版仅在"参考文献"中提到了编辑过程中所使用到的信息资源，而第 2 版则提供了更为详细的关于 PMCD 框架与 PMI 其他标准与出版物之间的一致性的信息。

另外，PMCD 框架第 2 版还对文件的结构进行了简化，使其更为合理。例如，在第 1 章中，仅用了一张图来诠释第 2 章和第 3 章的结构。同时，各章节的编号方式也比先前的版本更为简单，因此，不需要对此进行额外的详细解释。

第 2 章

根据《PMP®考试规范》中关于项目管理专业人士（PMP）角色职位研究的结果，PMCD 框架第 2 版对第 2 章的内容进行了比较彻底的重新组织（见表 A-4）。重组之后的框架从过程组的角度来看待项目管理，而不是像先前版本那样从知识领域的角度来看待。因此，第 2 版中执行能力单元的个数降到了五个。这种方式与能力定义方面的最佳实践是相互一致的。五个能力单元以《PMP®考试规范》中的六个执行领域中的五个领域为定义依据。《PMP®考试规范》中的第六个领域，即职业和社会责任没有被包含在执行能力中，而是被包含在第 3 章的个人能力中。执行能力中的每个能力元素的定义也以《PMP®考试规范》为依据，但是在措辞方式上进行了调整，每个能力元素都被描述成一个可以实现或完成的结果，而不是一个需要遵循的过程。能力元素又被进一步分解为执行标准，由项目团队在 PMCD 框架 2002 版、《PMP®考试规范》和其他已有的 PMI 标准的基础上制定的。如果达到相应的执行标准，则表示相应的能力元素中定义的结果能够获得或实现。如何判断是否达到某个特定的执行标准，项目团队又制定了相应的证据类型，通过审查这些证据，可以判断每个执行标准的实现程度。第 2 章中的执行标准和证据类型之间存在着——对应的关系，但这其实只是一种举例，事实上，一个执行标准的达成与否可以通过其他多个类型的证据来予以证实。

表 A-4　PMCD 框架第 2 章的变化

2002 版	第 2 版
根据《PMBOK®指南》2000 版定义九个执行能力单元	根据《PMP®考试规范》定义五个执行能力单元
根据澳大利亚项目管理协会（AIPM）发布的项目管理能力确定能力元素	根据《PMP®考试规范》确定能力元素
根据《PMBOK®指南》2000 版制定执行标准	项目团队根据 PMCD 框架 2002 版、《PMBOK®指南》(第 3 版）和《PMP®考试规范》制定执行标准
由项目团队编写能力评估指南示例	由项目团队编写证据类型，基本上与执行标准——对应

第 3 章

第 3 章也是在先前的版本上发展出来的，PMCD 框架 2002 版使用的是由 Lyle 和 Signe Spencer(1993)开发的能力词典（被称为 Spencer 模型），第 2 版在此基础上进行了进一步的开发。根据对项目管理所需的个人能力的更为深入的理解，第 2 版对个人能力单元进行了重新定义。最明显的变化就是增加了新的能力单元，即职业精神（见表 A-5）。职业精神主要描述 PMI 的职业道德行为规范及《PMP®考试规范》中有关职业与社会责任方面的内容。

表 A-5　PMCD 框架第 3 章变化

2002 版	第 2 版
六个个人能力单元 • 成就与行动 • 帮助与个人服务 • 冲击与影响 • 管理 • 认知 • 个人有效性	**六个个人能力单元** • 沟通 • 领导 • 管理 • 认知能力 • 有效性 • 职业精神
根据 Spencer 模型确定能力元素	根据 PMCDF 2002 版、《PMBOK®指南》（第 3 版）、《PMP®考试规范》及《PMI 职业道德行为规范》确定能力元素
根据 Spencer 模型和《PMBOK®指南》2000 版确定执行标准	根据 PMCD 框架 2002 版、《PMBOK®指南》（第 3 版）、《PMP®考试规范》和《PMI 职业道德行为规范》确定执行标准
没有证据类型	有证据类型举例，它们（单独或者与其他证据结合起来）可以证明执行标准中定义的某种具体行为的实际发生情况

　　和 2002 版一样，PMCD 框架第 2 版也包括了六个个人能力单元，但是各个能力单元的名称更为简洁，对其中的内容也进行了重新分类，以保证与能力定义方面的最佳实践相一致。但是，对个人能力的定义存在着较大的主观性，有些能力元素所涵盖的内容跨越了多个能力单元。在这种情况下，项目团队通过集体讨论来确定这个元素所属的最佳分类。

　　2002 版中定义的大部分能力元素在第 2 版中都得到了保留（为使分类更清晰，对有些元素进行了整合），同时也增加了一些元素，删掉的内容相对较少。对元素进行重新分类时主要考虑了这些元素的应用情形和元素与项目管理的关系。每个元素都被进一步分解为执行标准，执行标准涉及的是项目经理的行为。检查每个执行标准是否得以满足，可以判断项目经理是否具备相应的能力元素。每个执行标准都配有相应的证据类型，通过验证相应的证据，可以判断执行标准是否得到满足。PMCD 框架中列出的证据类型仅为示例，组织也可以使用其他类似的文档或者事实来判断某个执行标准的被满足情况。

第4章

第2版中的第4章是完全重新编写的，目的是为了与其他部分调整之后的内容保持连贯性。在 2002 版中，第4章的目的在于强调如何达到某种特定的能力水平，而在第2版中，第4章的目的则是通过 PMCD 框架来评估项目经理在项目环境中所展示的能力水平，其根本目的在于推动项目管理能力的持续提高，而不是试图达到某个既定的能力水平（见表 A-6）。

表 A-6　PMCD 框架第 4 章的变化

2002 版	第 2 版
五阶段	**三步骤**
阶段 1：确定适用的能力元素和执行标准	第 1 步：评估绩效
阶段 2：确定期望的能力水平	第 2 步：编制能力发展计划
阶段 3：评测	第 3 步：执行项目经理能力发展计划
阶段 4：确定能力差距	
阶段 5：向既定的能力水平努力	

PMCD 框架的演变

PMI 标准委员会于 1998 年启动了项目管理能力（Project Management Competency，PMC）项目，该项目的目的是为项目经理建立一个能力发展框架，其定义的能力可以促进项目经理在项目环境下更加有效地提升项目管理绩效。该能力框架的作用在于帮助项目经理的职业发展，而不是用在对项目经理的选择和绩效评价方面。

标准委员会还认识到项目管理的职业精神应该在该能力框架中得到进一步强调。项目管理能力框架应该具备以下特征：

- 在专业领域内被普遍接受；

- 为个人和组织在项目经理的职业成长方面提供指导；

- 适用范围广，从小而简单的项目到大而复杂的项目该框架都可适用。

1998 年下半年，PMI 标准委员会要求志愿者开发一个可以概括项目经理能力发展框架的标准，同时 PMI 决定资助项目经理能力（Project Manager Competency，PMC）项目团队。PMCD 框架用来识别和定义能促进项目管理绩效的几个关键能力维度以及各种相关能力对项目经理绩效的影响程度。接着，由志愿者组成的项目团队形成了，在接下来的一年时间里，他们共同努力确定了项目范围，并且开始审查文稿，编写定义项目经理能力的基本框架。

2000 年秋天，PMI 认证部门出版了项目管理专业人士（PMP）角色职位研究以及项目管理经验和知识自我评测手册。PMC 的核心团队审查了这些文件，并且与 PMCD 框架草案中定义的元素和标准进行了比较。之后，他们决定修改 PMCD 框架草案中的能力元素和执行标准，以便与 PMI 认证部门的出版物保持一致。在 PMI 项目管理标准项目集团队的支持下，PMC 核心团队在 PMI2000 大会期间举行了一个公开的研讨会，要求与会者就 PMCD 框架草案的完整性和实用性提出意见和看法。与会者的反馈意见说明，对于那些忙于在其组织中提升项目经理能力的人来说，PMCD 框架将会是一个非常有用的资源。

2001 年 3 月，PMCD 框架草案被提交给 PMI 项目管理标准项目集团队，由其来决定是否可以作为公布草案（Exposure Draft，ED）来发布，在 PMI 会员间及其他相关团体间分享。在得到标准项目集团队的批准之后，草案被送交给 6 位知识专家进行正式审查。PMCD 框架项目团队对来自这 6 位专家的意见和来自项目集团队的意见进行评估，修改之后的最终草案再次被提交给标准项目集团队，项目集团队批准了此次提交的草案。

2001 年 10 月 1 日，PMCD 框架的公布草案正式发布，并开始广泛征集意见，公布截至日期为 2001 年 12 月 3 日。在此期间，项目团队共收到了 154 条意见。在审查期间，项目团队对收到的每条意见都进行了评估，并且对是否要把这些建议整合到 PMCD 框架当前版本中进行了决策。最终，团队决定接受的意见都被整合到了最终的版本。

B1. PMCD 框架第 1 版的项目团队

核心团队成员

Scott Gill, MBA, PMP——项目经理

Chris Cartwright, PMP

David Violette, MBA, PMP——项目副经理

Paul Fiala, MS

William C. (Clifton) Baldwin, MS

Kenneth J. Stevenson, MS

Christopher Bredillet, DSc, MBA

审查团队成员

Sumner Alpert, MBA, PMP

Dennis Bolles, PMP

Craig Carvin, PMP

Gilbert Guay

Hans Jonasson, PMP

Jacob Stranger Kgamphe

Barbara Marino, MPM, PMP

Kevin Porter, PMP

Angela Sheets

Shoukat M. Sheikh, MBA, PMP

Alberto Villa, MBA, PMP

Thomas Williamson, PMP

Xiaolan Wang

PMCD 框架初始项目团队

Janet Szumal, PhD   ——项目经理

Nicola Barron

Christopher Bredillet, DSc, MBA

Chris Cartwright, PMP

John Chiorini, PhD, PMP

Rob Cooke, Ph.D.

Lynn Crawford

Russ Darnell, MS

David Denny, PMP

Karen DiPierro

Kathleen Donohue

Dick Drews, PMP

Ellen Edman

David Garbitt

Larry Goldsmith, PMP

William C. Grigg, PE, PMP

Brad King

Alan Kristynik, PMP

Rose Mary Lewis, PMP

Lawrence Mack, PE, PMP

Barbara Marino, MPM, PMP

Dave Maynard, MBA, PMP

Vrinda Menon, PMP

Richard Ray

Paul Rust, PMP

Philip Sharpe, PMP

Gregory Skulmoski

Cyndi Stackpole, PMP

Greg Willits, PMP

Ken Stevenson, MS

Peter Wynne

Dick Waltz, PMP

Frank Yanagimachi

公布草案之前版本的审查者

这几位志愿者对公布草案进行了具体评估，并给出了评估意见。项目团队和 PMI 标准项目集团队非常认可他们对公布草案的完善所做出的贡献。他们是：

James P. Henderson, PhD

Tomas Linhard

Normand Pettersen, PhD

T.I. Morris

Lynn Crawford

Brian Hobbs

公布草案的审查者

Kim Colenso, PMP

Brian Hobbs, PMP

Judy VanMeter

Cyndi Stackpole, PMP

Nigel Blampied

Jody A. McIlrath

Brian Gaspar

Greg Skulmoski

Portia Saul, PMP

George Sukumar, PE

Crispin "Kik" Piney, Bsc, PMP

B2．PMCD 框架第 2 版的演变

2004 年年中，PMCD 框架第 2 版项目启动。Chris Cartwright 负责该项目的管理，他曾是 PMCD 框架第 1 版核心团队的成员。初始项目团队大约有 80 人，他们首先开始审查该框架的第 1 版和其他与项目管理能力有关的 PMI 出版物。在项目实施过程中，这个项目团队逐步扩展到 380 位志愿者。

根据 PMI 发布的项目章程，新版本的框架将按照《PMP®考试规范》

重新组织。同时，项目团队还希望对能力框架进行扩展，使得框架可以涵盖项目经理的三个不同级别。框架第一草案在 2005 年下半年完成，该框架可以用来对项目协调员、项目经理和高级项目经理的能力进行评估和提升。虽然这种做法已经超出了项目章程中定义的范围，但是项目团队相信，新的框架将给项目管理专业人士带来更大的价值。

2006 年年初，PMI 向项目团队提出了指导意见，希望项目团队在目前的版本中只关注项目经理级别，而把其他级别能力水平的定义留给未来的项目。PMCD 框架的项目章程被重新强调，新的核心团队成立了，同时增派了一位项目副经理来着重负责项目团队对章程的遵守。这个核心团队包括：

- Lyn Windsor——负责第 1 章；

- George Jucan——负责第 3 章个人能力；

- Paul Osman——负责第 4 章能力发展。

项目经理 Chris Cartwright 担任了第 2 章执行能力的牵头人。核心团队还包括负责其他必要职能的团队成员，他们是：

- Jen Skrabak——负责编辑团队；

- Mike Reid——负责集成团队；

- Neelesh Ajmani——负责志愿者行政管理，并担任人事总管。

团队欢迎 Mike Yinger 担任项目副经理，他不仅带来了丰富的经验，而且像舵手一样掌握着项目前进的方向。

团队建立了定期会议制度，并成立了志愿者小组，负责向四章的编写团队提供支持。对四章内容的编写提供支持。很多团队成员所做的工作早已超出了一个志愿者的工作范畴，他们就是附录 C 中所列出的卓越贡献者。

各小组花费了几个月的时间来编写他们所负责的章节，他们使用的沟通方式是定期电话会议。之后，他们决定把核心团队团员召集到一起，这样可以通过面对面的会议对各个章节进行审查。核心团队包括 5 位来自北美的成员和三位来自澳大利亚的成员，他们的第一次面对面会议在 2006 年 5 月举行。

现代技术使虚拟团队的工作形式成为可能。但是，相对而言，面对面地工作更容易使人们变得熟悉，更有利于开展团队协作。第一次面对面会议的经验教训之一就是：这样的会议应该在项目早期就召开，从而及早确定团队的工作重点，并且及早营造团队凝聚力。第一次面对面审查会议的结果被反馈给负责各个章节的团队，团队根据会议意见对章节内容进行了修改。负责集成和编辑的团队对写作风格和范围提出了意见，这些意见在章节的修改过程中也得到了充分的考虑。

草案完成后，要对草案进行完整的团队审查。组织审查团队时，询问了每位成员是否愿意参与审查团队，根据他们的意愿，最终组建了一个正式的审查团队。根据 PMI 标准部门在正式流程，该阶段针对不同方面进行多达四次的审查后才交付。这四次审查分别为：内部审查、领域专家（Subject Matter Expert，SME）审查、成员顾问小组（Members Advisory Group，MAG）审查，最后是公布草案审查，通过审查之后的版本在世界范围内发布。当修改后的版本就绪后，项目团队就把该版本提交给 PMI 标准委员会进行内部编辑，同时确定该版本是否基本具备公布草稿发布条件。随后，PMI 决定对该草案进行 3 个并行的审查，核心团队负责内部审查，SME 审查和 MAG 审查也并行进行。

审查者对该文件的完善做出了贡献，他们共提出了 2 700 多条意见。在这个阶段，各个审查团队的成员第一次有机会看到了完整的文件，其中内部审查团队的贡献尤为突出。依据审查意见，负责各个章节的团队对文件进行了修改。核心团队召开了第二次面对面会议，对修改之后的文件进行审查。这个过程相当费力，而且强度很高，会议中经常发生讨论甚至争论。审查后的草案被转交给 PMI 标准部门进行公布草案（公开）审查。公布草稿发布之后，项目团队收集到了 285 条意见，这个数字与其他标准相比已经很低了，团队相信这反映了前期审查者的工作质量。其中，80%以上的 ED 意见在最终文件中得到了考虑。

PMCD 框架第 2 版的最终草案满足了项目章程中所定义的目标（为已

经获得 PMP 证书的项目经理提供必要的信息），但团队相信在未来的版本中仍有必要对当前的框架进行扩展，涵盖那些低于或超出 PMP 水平的其他级别。本版和未来版本所提供的框架将帮助组织为项目管理从业人员建立职业发展路径。

PMCD 框架项目团队为了协调众多志愿者而应用了一些必要的人力资源管理流程。核心团队采用了一个可以探测新来者的兴趣的流程，从而根据探测结果给他们安排最合适的工作。项目团队还采用定期新闻信的方式与所有团队成员沟通项目进展和所取得的成就。让项目团队感到骄傲的是他们曾经使用过的那些用来调动和激发众多志愿者潜能和热情的做法得到了 PMI 标准部门的认可。PMI 标准部门已经把这种做法作为一种规范在负责其他 PMI 标准的项目团队中进行推广。

PMCD 框架项目的核心团队感谢 PMI 标准部门的各团队、标准经理及其他标准方面的专家所给予的支持。由于得到了他们的支持，我们才可以尽我们所能交付最好的标准。

附录 C

PMCD 框架第 2 版的贡献者和审查者

本附录按照英文字母的顺序分组列出了对 PMCD 框架的编写和完稿做出贡献的个人。但事实上，志愿者对 PMCD 框架的编写所做出的贡献不是一个简单的列表（甚至更多的列表）所能表述清楚的。附录 B 列出了部分人员所做出的具体贡献，可与以下所列对应参考。

项目管理协会感谢以下所有人的支持，感谢他们对项目管理专业所做出的贡献。

C1. 项目经理能力发展框架第 2 版项目核心团队

以下项目团队成员，他们或者是文件的撰写者，或者是内容的贡献者，或者是项目团队内部的小组负责人。

Chris Cartwright, PMP——项目经理

Michael A.Yinger, MBA, PMP——项目副经理

Neelesh Ajmani, MBA, PMP

Michael R. Reed, PMP

George Jucan, MSc, PMP

Jen L. Skrabak, PMP, MBA

Paul Osman, PMP

J.Lyn Windsor, PMP

C2. 卓越贡献者

以下人员对 PMCD 框架新版的编写做出了特别的贡献，他们或者对文件编辑提供了支持，或者对分项活动（如内容、写作、质量、沟通和调查）提供了支持，或者他们作为 SME 为框架的完善提供了独到的见解。 与项目核心团队成员一样，以下人员为项目提供了特别的支持、意见和理念。

Jaideep Agrawal, MBA, PMP

Gerard Aroquianadane, MBA, PMP

David Baker, MPA, PMP

Robert S. Banks, PMP

Nishu Bansal

Nathaniel Barksdale, Jr. PhD, PMP

Marcos Diclei Barros, PMP

Cindy Beck

Damien Bolton, PMP

Kevin Bourke, PMP

Terry Boyd, PhD, PMP

Melissa Fawn Bull

Raul Calimlim, MSSE, PMP

Anthony R. Corridore, PMP

Paramita Debbarman, PMP

Tracy Dixon, PMP, MBA

Mark Lester Dy, PMP

Stacy A. Goff, PMP

Pamela Brettmann-White, MBA, PMP

Priyesh Gopalakrishnan, PMP

Shyam Kumar G, PMP

Morgan E. Henrie, PhD, PMP

Bernard A. Holmes, CGFM, PMP

Kevin J. Hunziker, PMP

Rashed Iqbal, PhD, PMP

Puja Kasariya, PMP

Rod Koelker, MSc, PMP

Richard P. Krulis, PMP

Robin E. Kuczera

Anil Kumar, PMP

Dennis Lakier, PEng, PMP

Xiaosong Liu, PMP

Juan J. Monroy Lopez

Ganesh Malgikar, PMP

Lynn Qin Mu, B.Comm, PMP

Raja Sekhar Nerella, BE, PMP

Dumitru I. Oprea, PhD, DrHC

Beth Ouellette, MBA, PMP

Crispin "Kik" Piney, PMP

Martin Price, BSc, APMP

Prabhushankar Rajamani

Priscilla Rhaich'al, Honours BA

Lisa Rockwood

Rosalyn C. Samonte, PMP, CBCP

Martyn Scott, MA, PMP

Prakash Sharma, MBA, MBB

Rachna Sharma, PMP

Rachna Sharma, PMP

Gary J. Sikma, PMP, MBA

Anca E Slusanschi, MSc, PMP

Paul Steinfort, PMP, FIEAust

Susan J. Strople, PMP

Rocco Tellier, PMP

Prem Kiran Udayavarma, PMP

Derek H.T. Walker, PhD, MSc

Kyle S. Wills, PMP

Lucia Wong, MBA, PMP

A1 Zeitoun, PhD, PMP

C3. 项目经理能力发展框架第 2 版项目团队成员

除了上面已经列出的人员外，以下团队成员为项目经理能力发展框架第 2 版的草案提供了意见和建议。

Aref Abouzahr, MBA, Eng

Abha Abraham

Tarek Abuelnaga, MBA, PMP

Anurag Agrawal, MTech, PMP

Imran Ahmed, PMP

Bob Aiken, PMP

Rajdeep Ajmani

Jessica Alcantara, PMP

Gustavo Adolfo Ortega Alvarado, Eng,PMP

Ahmed Samy Amer, PMP

Mauricio Arantes de Andrade

Lionel Andrew, MBA, ISP

Louisa Amalia Andrianopoulos, MSc

Guna Appalaraju

Cindy K. Archer-Burton, JD, PMP

Gabriel Arise, MBA, PMP

Kannan Arunachalam, BE (Hons), PMP

Anubhav Asthana

Scott T. Bable, PMP

Louis Bahrmasel

Joan Barnes-Weatherton

Richard Bates, PMP

Alan Bezuidenhout

Sanjay Bhaskaran, PMP

Rajat Bhatnagar, MS, PMP

Kaushik Bhowal MS, PMP

John A Blakely, MS, PMP

Gayle Armstrong Blizzard

Wallace "Bo" Bohanan MBA, PMP

Rakesh Boonlia, MBA

Roberta C. Bonsall, PMP

Diego Ramalho Bortolucci

Ann Abigail Bosacker, PMP

Connie Bouhaik, PMP

Adrienne L. Bransky, PMP

Rufus Earl Branson

Liz Brown, PMP

Mark Brenon

Terrance P. Bullock, PMP

James Burkholder, ASQ-CSSBB, PMP

Dawn Cain

Darlene F. Calvert, PMP

Marcia Carrere, PMP

Roberto C. Cavalcante, PMP

Daniel Thomas Cedar

Herman Chan, PMP

Subramanian Chandramouli

Chih-Wu Chang, MS, PMP

Rachel Chang, MA, PMP

Sourabh Chatterjee, CSQA, PMP

Rakesh N. Chauhan, MSc, PMP

Vijay Kumar Chemuturi, PMP

Amitabh Choudhary, PMP

Bhaskar Chowdhury, PMP

Victor Chu, PMP

Catherine S. Cockrell

Johanne H. Comeau, MGP, PMP

Miguel A. Conway, CISA, PMP

Ronald C. Cook, PMP

Thomas J. Cornish, PMP

Mario Damiani, PMP

Debabrata Das, PMP

Saji V. Dasan, SSBB, PMP

Hemang S. Dave

Beverly E. Davis

Stephanie E. Dawson, PMP

Vipul Dekhtawala, PMP

Andrea Delle Piane, PMP

Marcel A. Derosier

Rosaria DeNova, PMP

Anand Devulapalli

Sham Dhage

Pankaj Dhasmana

Rajesh Dhuddu, PMP, MFM

Mihai Diaconescu, PMP

Liam P. Dillon

Jorge Dominguez, PMP

Anagha Donde, PMP

Hemanta K. Doloi, PhD

Lloyd Russell Duke, Jr.

Thomas R. (Randy) Dunson, MBA, PMP

Richard Egelstaff, MBA (Adv), PMP

Kenith W. Ehalt

Srimal S. Ekkadu, PMP

Gregory Ellett

Michael E. Engel

Ruben D. Espinoza

Linda R. Finley, VP, CIO

Daniela Medeiros Firmono

Klaus Fremmelev, PMP

Arun Gajapathy, PMP

Mary M. Ganous

Cindy J. Genyk, MSCIT, PMP

Robert M Gerbrandt, CD, PMP

Edgar Gerke, PMP

Farrukh Ghaffar, PMP

Eyad Awni Ghosheh

Silvio H.Giraldo Gomez, CBCP, PMP

Robert Goodhand, PMP

Lata Gopinath, MS, PMP

Clifford G. Graham

Jeff Greenstreet, PMP

Keith Grindstaff, PMP

Daniel (Dana) Grove

Sirisha Gullapalli

Joanne Gumaer, PMP

Pooja Gupta

Ravi S Gupta, PMP

Brooke Hairston, MBA, PMP

Carl G Halford, MAPM, PCIRM

Cheryl L. Harris-Barney, MPM

Michael P. Hatheway, PMP

Graham S. Heap

Megan Heath

Hoon Hoon Heng, PMP

Sebuliba Herman

Celestine Hicks, PMP

Alan Chi Keung Ho

Eberhard Hoffmann, PMP

Roderick Holland, MBA, PMP

Stephen Martin Holland

Ahmed Hussein Aly, MBA, PMP

Michael Idoko, PMP

Anshoom Jain, MBA, PMP

Pawan Jalan, CPA, PMP

Chandrasekaran Jayaraman, PMP

Michelle Jehsus, PMP

M. Aamir Jelani

Raj Kumar Jhajharia, PMP

Lori Johnson, PMP

Gerard Joseph, MBA, PMP

Aadham Junaidallah, PMP, CISA

Alex Kangoun

Faisal Karim, PMP

Muruganand Karthikeyan, PMP

Kesava Reddy Kasireddy

Ramakrishna Kavirayani, PMP

Sahin Kaya, PMP

Gaurish Kerkar, PGDIM, PMP

Dilip Khadilkar, PMP

Moiz A. Khan, CISSP

Muhamman Kamran Khan

Manoj Khanna

Daniel Kim

Christopher C. King, PMP

Alan Ko, MBA, PMP

Takanoubu Kohinata

Sitarama Kota, M.Tech, PMP

Mahesh Krishnamoorthy, MBA, PMP

Raghuraman Krishnamurth

Ramesh Kulandaivel, MBA, PMP

Saravana Bhavan Kulandaivel

S. Adarsh Kumar, PMP

Mohan Kumar, MS, PMP

Prashant Kumar, PMP

Polisetty V.S. Kumar, CISSP, PMP

S. Suresh Kumar

Karthikeyan Kumaraguru, MS, PMP

Daniel G. Kushnir, MSc, PMP

Lori Monkaba

Carla Lee, PMP

Alan F. Moore, MBA, PMP

Craig Letavec, MSPM, PMP

Rajesh More

Carol Ann Levis, PMP

Chiara Moroni, PMP

Su-Che (David) Liao

Aaron Morrison

Harshavardhan Limaye, CPIM, PMP

Chenoa Moss, MS ISE, PMP

Sajith Madapatu, CSSMBB, PMP

Brenda M. Moten, MAOM, PMP

Krishna Malladi, CSQE, PMP

Anil Mudigal, PMP

Suresh S. Malladi, PMP

Mustafa A. Mukhtar, CCE

Manz Joachim, PhD, PMP

Suman Munshi, PGDCA, MBA IT

M. L. Marchwinski, MBA

Anand Murali

Pietro Marini, PMP

Subramanian N, PMP

Photoula Markou-Voskou, PMP

Sainath Nagarajan, MISM, PMP

Lou Marks, PMP

Jagadish Nagendra, PMP

Sucharitha R. Maroju, M.Tech, PMP

Biju Nair, PMP

Andrew L. Marshall

Hari Krishna Nallure, MBA

Nancy J. Mather, PMP

Alexandre B. Nascimento, MBA, PMP

Andrew McKnight, PMP

Abanis Nayak

Jorge L. Mejia

Beth Negash, MPM, PMP

Joanne Miles

Paul Nordick, MBA, PMP

Kimberlee Miller, MBA, PMP

Michael O'Connor, MS, PMP

Muhammad Aslam Mirza, MBA, PMP

Gethsemani Palacios, PMP

Gaurav Mittal, BTech, PMP

Marisa F. Paladino

Marcos Alberto Mochinski, PMP

Timothy J. Papich MS, PMP

Bobby K. Paramasivam,
BSMechEng, PMP

Vikram Paramasivan MBA, PMP

Kandarp Patel

Mridul Paul, MS, PMP

Randy L. Peeler, PMP

Ken Perry, MBA, PMP

Sitarama Chakravarthy Peruvel, MS,
PMP

See Hua Phang

Paul M. Pond, MBA, PMP

Indira Prasad

Thomas J. Price, PE, PMP

Diana Prkacin

Claude Prudente, PMP

Rajwardhan Purohit, PMP, ITIL

Alison Rabelo, PMP

Angela Ragin

Angela Rahman, MS, PMP

Pathma Raj, MBA, PMP

Noshaba Raja

Aditya Rajguru, PMP

Krishna Ramaiah, PMP

Sameer Ramchandani, PMP

Houri Ramo, MS

Richard G. Ranney, MBA, PMP

Amburkar Ellappa Rao, MTech, PMP

Mahendra Singh Rathore, CISA, PMP

James P. Reid, MSc, MBA

Igor Reznik

Robert Rider, PMP

Rick Ringold, MBA, PMP

Pradyot Sahu

Anne Marie M. Saint Felix, PMP

Muhammad Salman Abid

Stanley Samuel, MBA, PMP

Sathyam Sankaran, PMP

Uthaya Prakash Santhanam

Udayan Sathe, MBA. PMP

Mamta Saxena, MBA, PMP

Terry A. Schmidt, PE, PMP

Ronald G. Schroll, MEd, PMP

John Schmitt, CSSMBB, PMP

Tufan Sevim

N. K. Senthilkumar, PMP

Viresh Shah

Sanina Shen, CISSP, PMP

Syed A. Sherazi (Hassan)

Ganesh Vinayak Shevade

Danny Shields, MS

Nancy (Nikki) A. Shields

Subrina Mei-Jing Shih, CPIM, PMP

Jayant Sinha, MBA, PMP

Rachanee Singprasong, MComm, PMP

Amandeep Singh, MCA, PMP

Subbakaran Singh, MBA, PMP

Atul Sinha, PMP

Som N. Sinha, MBA, PMP

Bhuvaneswari Sivasubramanian

Zdzislaw S. Slawacki, MBA, PMP

Penny Smith, PMP

Michael J. Smith, PMP

Stephanie Snyder, PMP

Jason Lee Sneed

Sadanand Sonar, PMP

Lakshminarasimhan Srinivasan, MBA(Fin),
PMP

Das Subhra

S. S. Venkata Subramanian, CISI, PMP

Gavin T. Sudhakar, CSSBB, PMP

Stuart Summerville

George Sunil

Lata Suresh

Biju G. Syamata

Mahta Taghizadeh, MSc

Kiran K Talasila, MBA, PMP

Terry Tanner, MScPM, PMP

Muhammad Tariq, SE, MBA

Sandhya Tayal, PMP

Mei-Hui, Teng, MSc, PMP

Lee Tian

Lee Towe, MBA, PMP

Melissa Ann Townshend, PMP

Savyasachi Tumkur, PMP

Anupam Upadhyay

Reddy Urimindi, PhD, PMP

Marianne Utendorf

Rajesh Vaidyanathan, PMP

Narayanan Veeriah, CFA, PMP

Swapna Veldanda

Sreedhar Vellamena, PMP

Sriram Venugopal, PMP

Michael Villani

Ramesh Vinakota	Lai Chi Wong, PMP
Vipin K. Viswan	Tonya Woods, PMP
Jyoti Wadhwa, MS	Michael A. Wright, Sr., CBA, PMP
Andrew D. Warrender, MAPM, PMP	Zhen Ning Wu, PMP
Kevin R. Wegryn, CPM, PMP	Kyle Xie, MSc, PMP
Greg Wilde, MS, PMP	Rambabu (Bobby) Yarlagadda, MBA, PMP
Richard Earl Williams	Lijun Yi, MBA, PMP
Nancy L. Wirtz	Zoubair Zachri
Albert Mun On Wong	Shakir Zuberi, MBA, PMP

C 4. 最终公布草案的审查者和贡献者

除了团队成员外，以下人员对 PMCD 框架第 2 版的完善提供了建议：

Terry Andersen	Richard E. Hasz
Jennifer J. Atkinson, PMP	George Hopman, PhD, PE
J. Chris Boyd, PMP	George Jackelen, PMP
Patti Campbell, PMP	Dorothy L. Kangas, PMP
Frank Cox, MS, PMP	Ramakrishna Kavirayani, PMP
Wanda Curlee, PgMP, PMP	Robert Bruce Kelsey, PhD
Edgardo J. Fitzpatrick, PMP	Ir Hj A Khairiri A Ghani, ASEAN Eng, Int. PE
Robert G. Gagne, PMP	JoAnn W. Klinedinst, PMP, FHIMSS
Alcides A. Gimenes, PMP	Timothy A. MacFadyen, MBA, PMP
Leo A Giulianetti, PMP	Crispin "Kik" Piney, BSc, PMP
Roy C. Greenia, PMP	Paul Sanghera, PhD, PMP

K. S. Subrahmanyam, PMP

Jeffrey William White

David J. Violette, MPM, PMP

Rebecca A. Winston, Esq

Hao Wang, PhD, PMP

C5. PMI 项目管理标准项目集成员顾问小组

在 PMCD 框架第 2 的编写过程中，以下人员担任了 PMI 项目管理标准项目集成员顾问小组的成员。

Julia M. Bednar, PMP

Asbjorn Rolstadas, PhD, Ing

Douglas Clark

David Ross, PMP

Terry Cooke-Davies, PhD, BA

Cynthia Stackpole, PMP

Carol Holliday, PMP

Bobbye Underwood, PMP

Thomas Kurihara

David J. Violette, MPM, PMP

Debbie O'Bray

C6. PMI 雇员

特别感谢 PMI 的以下几位雇员。

Steve Fahrenkrog, PMP, Director, Knowledge Delivery Group

John T. Roecker, EdD, Career Framework Manager

Dan Goldfischer, Editor-in-Chief

Roberta Storer, Product Editor

Ruth Anne Guerrero, PMP, former Standards Manager

Kristin L. Vitello, Standards Project Specialist

Donn Greenberg, Manager, Publications

Barbara Walsh, Publications Planner

M. Elaine Lazar, Standards Project Specialist

Nan Wolfslayer, Standards Project Specialist

参考文献

Crawford, L.H. 1997. A global approach to project management competence. *Proceedings of the 1997 AIPM National Conference, Gold Coast,* Brisbane: AIPM, 220-228.

Project Management Institute. 2005. *Project Manager Professional (PMP®) Examination Spec.* Newtown Square, PA: Project Management Institute.

Project Management Institute. *A Guide to the Project Management Body of Knowledge (PMBOK®Guide)*-Third Edition. Newtown Square, PA: Project Management Institute.

Roecker, J.T. 2005. *PMI's Career Framework: The case for a project manager path.* Newtown Square, PA:Project Management Institute.

补充读物

Aguinis, H. and Kraiger, K.T. April 1997. Practicing what we preach: Competency-based assessment of industrial/organizational psychology graduate students. *The Industrial-Organizational Psychologist,* 34-39.

Association for Project Management. The 40 key competencies, http://www.apmgroup.co.uk/apmbok.htm.Australian Institute of Project

Management (AIPM). 1996. *National Competency Standards for Project Management.* Split Junction, NSW.

Anastasi, A. 1988. Psychological Testing, 6th ed. New York: Macmillan.

Bacharach, S.B. 1989. Organizational theories: Some criteria for evaluation. *Academy of Management Review,* 14(4), 496-515.

Belout, A. 1997. Effects of human resource management on project effectiveness and success: toward a new conceptual framework. *International Journal of Project Management,* 16(1). 21-26.

Boyatzis, R.E. 1982. *The competent manager: A model for effective performance.* New York: John Wiley & Sons.

Cascio, W.F. 1992. *Managing human resources: Productivity, quality of work life, profits,* 3rd Ed. New York: McGraw-Hill.

Crawford, L.H. 1998. Project management competence for strategy realisation. *Proceedings of the 14th World Congress on Project Management.* Ljubljana, Slovenia, *1,* 10-21.

Project Management Institute. 1999. Assessing and developing project management competence. *Proceedings of the 30th Annual Project Management Institute 1999 Seminars & Symposium.* Newtown Square, PA: Project Management Institute.

Dale, M. and Iles, P. 1992. *Assessing management skills: A guide to competencies and evaluation techniques.* London: Kogan.

Finn, R. 1993. A synthesis of current research on management competencies. Henly Working Paper HWP9310. Henley-on-Thames, Henley Management College.

Gadeken, O.C. (January-February 1997) Project Managers as Leaders: Competencies of Top Performers, *Army RD&A Magazine*, 2-7.

Gonczi, A., Hager, P. and Athanasou, J. 1993. *The development of competency-based assessment strategies for the professions.* Canberra: Australian Government Publishing Service.

Hellriegel, D. Slocum J.W., Jr., and Woodman, R.W. 1992. *Organizational Behavior, 6th Ed.* St. Paul: West.

Heneman, H.G., III, and Heneman, R.L. 1994. *Staffing Organizations.* Middleton: Mendota House.

Heywood, L., Gonczi, A. and Hager, P. 1992. *A Guide to Development of Competency Standards for Professionals.* Canberra: Australian Government Publishing Service.

Kleinmuntz, B. 1985. *Personality and Psychological Assessment.* Malabar: Robert E. Krieger.

McLagan, P.A. May 1997 Competencies: The next generation, *Training & Development,* 51, 40-47.

McClelland, D.C. January 1973. Testing for competence rather than for "intelligence," *American Psychologist* 1-14.

McVeigh,B.J. January-February 1995. The right stuff revisited: A competency perspective of army program managers, *Program Manager,* 30-34.

Mealiea, L.W. and Latham, G.P. 1996. Skills for managerial success: *Theory, experience, and practice.* Chicago, IL: Irwin.

Messick, S. November 1980. Test validity and the ethics of assessment. *American Psychologist,* 35(11)1012-1027.

Mirabile, R.J. August 1997. Everything you wanted to know about competency modeling. *Training & Development,* 51(8) 73-77.

Morris, P.W.G. 1999. Body Building. Paper presented on project management forum (www.pmforum.org/digest / newapr99.htm).

NASA. Academy of Program/Project Leadership (formally called "NASA's Program/Project Management Initiative"). http://www.msfc.nasa.

gov/training/PPMI/HOME.html.

Parry, S.B. 1998. Just What Is a Competency? (And Why Should You Care?) *Training,* (June), 58-64.

Pinto, J.K., and Slevin, D.P. February 1988. Project success: Definitions and measurement techniques,*Journal of Project Management,* 19 (1), 67-72.

Posner, B.Z. 1987. What it takes to be a good *project manager. Project Management Journal,* March 1987.Newtown Square, PA: Project Management Institute.

Project Management Institute. 2000. *Project Management Professional (PMP) Role Delineation Study.*Newtown Square, PA: Project Management Institute.

Project Management Institute. 2000. *Project management experience and knowledge self-assessment manual.* Newtown Square, PA: Project Management Institute.

Skulmoski, G. June 1999. New locks and keys: Is cost engineering ready to contribute? *Presented at 43rd Annual Meeting of AACE International.*

Spencer, L.M., Jr., and Signe, M.S. 1993. *Competence at work: Models for superior performance.* New York:John Wiley & Sons.

Struckenbruck, L.C. 1986. Who determine project success? *PMI Seminar/Symposium Proceedings,* 85-93.

Thamhain,H.J., and Wilemon, D.L. 1982. Developing project/program managers. PMI Seminar/Symposium Proceedings, II-B.I-II-B.10.

Toney, F. July 1998. The quest to find the superior project manager: The Fortune 500 project management benchmarking forum defines competencies. *PM Network.* Newtown Square, PA.: Project Management Instutute.

Treasury Board of Canada Secretariat. An enhanced framework for the management of information technology projects−Project management core competencies. http://www.tbs-sct.gc.ca/cio-dpi/default.asp.

Ulrich, D., Brockbank, W., Yeung, A. K., & Lake, D. G. (Winter 1995). Human resource competencies: An empirical assessment. *Human Resource Management*, 34(4), 473-495.

U.S. Department of Defense. Project performance measurement standards, http://www.acq.osd.mil/pm/.

Waller, R. 1997. A Project Manager Competency Model. *Proceedings of the 28th Annual Project Management Institute 1997 Seminars & Symposium.* Newtown Square, PA: Project Management Institute.

词汇表

本词汇表包含了在 PMCD 框架中用到的术语。这些术语并不是描述项目经理能力时使用的专用术语，但是在此处的意思可能与在通常情况下使用时的意思有所不同。

Ability 才能：做某件事情的胜任力；身体的、精神的、财务或法律的执行能力；一种天生的或后天可得的技能或才能。

Accept 验收：基于某种结果的真实性、合理性、合适性和完整性而对这个结果进行正式接收和确认的行为。

Acceptance 验收：参见 Accept。

Activity 活动：在项目过程中实施的工作单元。

Assumptions 假设：指那些在制定计划时，未经验证但仍被视为正确、真实或确定的因素。假设对项目计划的各个方面都有影响，是项目渐进明细的一部分。项目团队应该在项目规划过程中对假设及时识别、记录和验证。假设通常包含一定程度的风险。

Attitudes 态度：针对某个具体的个人、团体、观点、问题和事物所持有的一种相对持续的感觉、信仰和行为倾向。态度通常被分为三个元素进行描述，分别为：（a）情感元素，对特定个人、观点、事件或事物的感觉、心情和情绪等；（b）认知元素，个人所持有的信仰、观点、知识和信息；（c）行为元素，行动的意图和倾向性。

Baseline　基准：一份经过批准的时间阶段计划（可以针对一个项目，也可以针对一个 WBS 元素、一个工作包或一个进度活动），加上或减去经过批准的项目范围、成本、进度和技术变更。一般指当前基准，也可指原始基准或其他基准。通常与修饰词连用（如成本绩效基准、进度基准、绩效测量基准、技术基准）。

Behavior　行为：在特定环境下一个人的行动或作为的方式。

Capability　能力：特指一个组织的项目管理成熟度能力，只有具备这种能力，组织才能执行项目管理流程并交付项目管理服务和产品。能力在迈向最佳实践的过程中递增。

Change Control　变更控制：识别、记录、批准或否决，以及控制对项目基准的变更。

Change Control Board (CCB)　变更控制委员会：由干系人正式组成的团体，负责审议、评价、批准、推迟或否决项目变更，所有决定和建议均应记录在案。

Change Request　变更请求：关于扩大或缩减项目范围，修改政策、过程、计划或程序，修改成本或预算，或修改进度计划的请求。变更请求可以直接提出，也可以间接提出；可以从内部提出，也可以从外部提出；可以出于法律和合同的强制要求，也可以根据需要选择提出。只有经过正式书面记录的变更请求才被纳入流程，只有得到批准的变更才被落实执行。

Communication　沟通：通过通用的符号、信号和行为系统在人与人之间进行信息交流的过程。

Communication Management Plan [Output/Input]　沟通管理计划[输出/输入]：一份说明了如下事项的文件：项目的沟通需要和期望、信息沟通的方式和格式、沟通的时间和地点，以及谁负责落实各种沟通。沟通管理计划可以是正式的，也可以是非正式的。根据干系人需求的不同，沟通管理计划可以很详细，也可以很概括。它是项目管理计划的一部分或子计划。

Competence 能力：一组相关的知识、态度、技能和其他个人特征，会对个人工作（即这个人所担负的一个或多个角色和职责）的主要方面产生影响，与工作绩效密切相关。它可以根据事先确认的标准进行度量，也可以通过培训和拓展得到提高。

能力的主要组成部分包括：才能、态度、行为、知识、个性和技能。

能力的主要维度包括：知识能力、个人能力和执行能力。

参见 Knowledge Competence, Personal Competence, and Performance Competence.

Competence Baseline 能力基准：根据 PMCD 框架中定义的知识能力、个人能力和执行能力对一个人能力的初始评测结果。

Competence Development Plan 能力发展计划：描述了在完成评测并识别差距之后，为了获得提升项目经理必须执行的活动的计划。

Competence Dimensions 能力维度：一个多维度框架，它把能力分解为三个维度，分别为知识能力、执行能力和个人能力。

Competence Gap 能力差距：针对某个特定的能力维度，期望的能力水平与个人实际评测结果之间的差异。如果存在能力差距，个人应该通过自身的提升去消除差距。

Competency,参见 Competence。

Cost Management Plan [Output/Input] 成本管理计划[输出/输入]：规定成本文件的格式，并明确项目成本规划、结构化和控制所需进行的活动及相应准则的文件。根据干系人需求的不同，成本管理计划可以是正式的，也可以是非正式的；可以很详细，也可以很概括。成本管理计划是项目管理计划的一部分或子计划。

Document 文档：记载信息的介质，通常可以永久保存，可以被人阅读。例如：项目管理计划、规范、流程、研究报告和手册等。

Effective Performance 有效绩效：按计划和期望完成。

Elements of Competence 能力元素：能力单元中的基本组成部分，描述了一种可验证、可评测的行动结果。

Emotional Intelligence 情商：描述一个人获知、评估和管理自己、他人及团队情绪的能力和技能。

Feedback 反馈：对于一个特定过程或活动的反响和回应。

Integrated Change Control [Process] 整体变更控制[过程]：对关于交付物及组织过程资产的所有变更请求进行审查、批复和控制的过程。

Knowledge 知识：通过经验、教育、观察和调查而获得的对某件事情的知晓程度。对流程、实践和方法及其应用的了解情况。

Knowledge Competence 知识能力：项目经理给项目带来的知识和认知，包括资质和经验，可以是直接的，也可以是相关的。

Lessons Learned [Output/Input] 经验教训[输出/输入]：在项目实施过程中所学到的知识，可以在任何点上识别。经验教训也被作为一种项目记录，列入经验教训知识库中。

Organizational Process Assets [Output/Input] 组织过程资产[输出/输入]：任何或全部与过程相关的资产，来自任一或所有参与项目的组织，可用于帮助项目成功。这些过程资产包括正式和非正式的计划、政策、程序和指南。过程资产还包括组织的知识库，如经验教训和历史信息。

Outcome 结果：使用一种能力后的有形结果或无形结果。

Performance Criteria 执行标准：体现多个执行侧面的综合列表，在项目中可以体现某个能力元素的执行情况。

Performance Competence 执行能力：项目经理应用项目管理知识实际操作的能力。这个能力维度通过检查项目中的结果来考察项目经理在完成项目管理任务时的执行表现，包括五个能力单元，分别为：启动、规划、执行、监控和收尾。

Personality 个性：定义一个人并且决定其对环境的反应的一组独特的、相对稳定的特性、偏好和性格。

Personal Competence 个人能力：决定一个人项目实施能力的关键个性特征，包括行为、动机、品质、态度和自我认知等因素，这些因素可以帮助项目经理成功管理项目。个人能力包括 6 个能力单元，分别为：沟通、领导、管理、认知、有效性和职业精神。

Procurement Management Plan 采购管理计划：说明如何管理从制定采购文件直到合同收尾的各个采购过程的文件。

Project Charter [Output/Input] 项目章程[输出/输入]：由项目发起人或资助人签发的、正式批准项目成立的文件。该文件授权项目经理在项目活动中使用组织资源。

Project Management（PM） 项目管理（PM）：将知识、技能、工具与技术应用于项目活动，以满足项目的要求。

Project Performance 项目绩效：根据目标、时间和财务约束以及组织政策、流程，对项目执行情况与计划的符合程度进行度量的结果。

Project Schedule [Output/Input] 项目进度计划：实施各进度活动的计划日期和实现各计划里程碑的计划日期。

Project Success 项目成功：项目干系人（如用户、客户、发起人）对项目各目标实现程度的综合评价。

Quality Management Plan [Output/Input] 质量管理计划[输出/输入]：质量管理计划说明项目管理团队将如何实施组织的质量政策。质量管理计划是项目管理计划的组成部分或子计划。根据干系人需求的不同，质量管理计划可以是正式的，也可以是非正式的；可以很详细，也可以很概括。

Responsibility Assignment Matrix (RAM) [Tool] 责任分配矩阵[工具]：一种将项目组织分解结构与工作分解结构联系起来的结构，有助于确保项目工作范围的每个组成部分都被分配给了某个人或某个团队。

Risk Management Plan [Output/Input] 风险管理计划[输出/输入]：说明如何组织与实施项目风险管理的文件，是项目管理计划的一部分或子计划。根据干系人需求的不同，风险管理计划可以是正式的，也可以是非正式的；可以很详细，也可以很概括。风险管理计划的内容因应用领域和项目规模而异。风险管理计划不同于风险登记册。风险登记册包含项目风险清单、风险分析结果和风险应对措施。

Risk Mitigation [Technique]　风险减轻[方法]：一种针对威胁的风险应对规划技术。设法把风险发生的概率或影响降低到可接受的临界范围内。

Risk Register [Output/Input]　风险登记册[输出/输入]：包含定性风险分析、定量风险分析和风险应对规划结果的文件。风险登记册对所有已识别的风险做详细记录，包括风险描述、类别、原因、发生概率、对目标的影响、提议的应对措施、责任人和当前状态等。风险登记册是项目管理计划的组成部分。

Risk Response Planning [Process] 风险应对规划 [过程]：编制行动方案来提升实现项目目标的机会并降低风险的过程。

Seller　卖方：向组织提供产品、服务或成果的供应商。

Skill 技能：使用知识、技巧和才能来有效地、顺利地执行一个活动的能力。

Staffing Management Plan[Output/Input]　人员配备管理计划 [输出/输入]：说明人力资源需求将在何时、以何种方式得到满足的文件。它是人力资源计划的一部分或子计划。据干系人需求的不同，人员配备管理计划可以是正式的，也可以是非正式的；可以很详细，也可以很概括。人员配备管理计划的内容因应用领域和项目规模不同而异。

Stakeholder　干系人：积极参与项目或其利益可能受项目实施或完成的积极或消极影响的个人或组织（如客户、发起人、执行组织或公众）。干系人也可能对项目及其可交付成果施加影响。

Style 风格：一个人所拥有的技能、特质和特征。它也指一个人为了体现自身价值的言行举止，包括一个人在执行工作和与人交往时的行为模式。

Subject Matter Expert （SME）领域专家：通常指有成就的执行者，他了解某个特定领域所需的知识能力、执行能力和个人能力。

360°Feedback 360°反馈：一种征求反馈的方式，就项目经理的绩效向项目团队成员、项目发起人和其他相关人员进行匿名调查。可以用来评估能力基准，进行能力差距分析，并制定提升和培训计划。

Types of Evidence 能力类型：具体的、书面化的证据，可以证明某个执行标准得以满足或者期望的行动得以完成。它形成了能力评测的基础。

Unit of Competence 能力单元：对总能力的细分，通常表示一个关键的职能。

Work Breakdown Structure (WBS) [Output/Input] 工作分解结构[输出/输入]：以可交付成果为导向的工作层级分解。其分解的对象是项目团队为实现项目目标、提交所需可交付成果而实施的工作。工作分解结构组织并定义了项目的全部范围。每分解一个层次就表示对项目工作的进一步详细定义。WBS 被分解为工作包。以交付物为导向的结构体系既包括内部交付物，也包括外部交付物。

Work Breakdown Structure Dictionary [Output/Input] 工作分解结构词典[输出/输入]：描述工作分解结构（WBS）各组成部分的文件。对于工作分解结构的每一组成部分，工作分解结构词典都包括：简明的范围定义或工作说明、明确的可交付成果、相关活动清单及里程碑清单。其他信息可能包括：责任组织、开始和完成日期、所需资源、成本估算、成本编号、合同信息、质量要求，以及便于完成工作的技术参考信息。

PMI® （项目管理协会）独家授权
项目管理标准图书

PMI 中译版标准又添新成员了！电子工业出版社已获得 PMI®（项目管理协会）独家授权，将与美国同步，不断推出相关标准的更新版，敬请关注！

《组织级项目管理成熟度模型》（第 2 版）
Organizational Project Management Maturity Model (OPM3®), 2e

正如个人可从变得成熟中获益一样，组织现在也能从实现组织项目管理成熟度中获益。组织项目管理成熟度模型（OPM3®）提供了必要的工具，让组织能根据一系列全面的组织最佳实践来衡量成熟度，帮助组织评估、发展和提高成功交付项目的能力。

《项目集管理标准》（第 2 版）
The Standard for Program Management, 2e

项目集管理的目标是提供对项目集管理的详细介绍，并促进在不同部门间进行有效而高效的沟通和协调。它是为各种从业者开发的，包括想提高技能的项目集经理、想了解更多项目集经理角色的项目经理和想了解项目集和项目经理之间界面的项目组合经理。标准提供了管理多个项目集的指导和最佳实践，并将项目集管理置于项目组合和项目管理的环境中。第 2 版比第 1 版有较大的改动。

《项目组合管理标准》（第 2 版）
The Standard for Portfolio Management, 2e

本书将项目组合管理划分为定位过程组、监管和控制过程组两大过程组，项目确认、项目分类、项目评估、项目选择、项目优先排序、项目组合平衡、项目授权、项目组合周期报告与考核、战略变更等 9 个具体的过程。主题包括：项目组合管理作为组织结构和战略组成部分的角色；项目组合管理如何改善公司治理动议的实施和维护；通过项目组合管理进行运营的理顺；项目组合、项目群和项目这三个层面经理之间的互动；设计和实施衡量方法来展示和提高投资回报；项目组合管理报告及其如何能帮助组织的项目群和项目。

《挣值管理实践标准》
Practice Standard for Earn Value Management

本书介绍了挣值管理的基本要素（EV、PV、AC），以及如何在项目进行中获取这些数据的方法和步骤，如何运用挣值的基本要素具体进行时间和成本的效率分析（SV、SPI、CV、CPI），未来发展预测（EAC、VAC、ETC），以及关键的挣值实践的应用指南等内容。

《工作分解结构（WBS）实践标准》
Practice Standard for Work Breakdown Structures

本书主要包括什么是工作分解结构（WBS），为什么要使用工作分解结构（WBS），如何创建工作分解结构（WBS）。以如何创建工作分解结构（WBS）为例，标准中包含了 WBS 准备工作的指导方针、创建 WBS 基本的假设和考虑因素、考虑事项的量度方法。此外，在附录中还提供了 11 个不同类型的 WBS 模板，包括油、气、石化项目、能源管理项目、过程改进项目、药品开发项目、设备安装项目、服务外包项目、网页设计项目、电信项目、精炼厂 T/A 项目、政府设计招标建设项目、软件实施等项目的 WBS 模板，这对于行业和项目管理人员是非常实用的工具。

《项目管理知识体系指南：政府分册》（第 3 版）
Government Extension to the PMBOK® Guide, 3e

本书是针对政府部门的 PMBOK 的扩展。为了兼顾通用性，PMBOK 对不同行业的项目管理特点无法一一体现。所以 PMI 又针对政府这一特定行业，制定了 PMBOK 扩展作为补充和完善。内容包括政府项目管理框架，项目管理生命期和组织，项目管理过程中的时间、质量、范围、成本、沟通、风险、采购等方面的管理。

《项目经理能力发展框架》（第 2 版）
Project Manager Competency Development Framework, 2e

本框架是由美国项目管理协会开发制定，已成为国际标准。它为定义、评估和发展项目经理能力提供了通用指南，构建了项目管理能力的三个关键维度，定义了影响项目经理绩效的关键能力元素。不管项目的属性、类型、规模和复杂度有什么不同，这些能力将使项目经理可以进行跨行业的交流，而且各行业、各组织可以在 PMCD 框架的基础上建立具有自己特色的能力模型。该标准还对组织能力发展过程的创建提供了指导，帮助组织对其员工的项目管理能力进行持续评估和提升。

欲了解更多详情，请发送邮件 sjb@phei.com.cn 或拨打如下电话咨询：010-88254184/85/86 转分机 209

项目管理协会简介

作为一个非营利性专业协会，PMI 的宗旨是以认真、积极的精神致力于提高全球项目管理的学科、实践和专业水平。因此各地组织都团结一致，重视使用项目管理并贡献出他们的经验与智慧。

社团

PMI 支持并鼓励所有项目管理专家们将全球经验与本地实践紧密结合起来，加强联系，共享资源。

- PMI 由在职项目经理于 1969 成立。
- 2010 年注册会员达 70 万人。

全球标准

PMI 的标准由一个全球的专家团队开发，以保证项目管理基本框架在全世界范围内统一使用。

《项目管理知识体系指南》（第 4 版）

《项目管理知识体系指南：建筑分册》（第 3 版）

《项目管理知识体系指南：政府分册》（第 3 版）

《组织级项目管理成熟度模型》（第 2 版）

《挣值管理实践标准》

《项目配置管理实践标准》

《项目进度管理实践标准》

《工作分解结构实践标准》（第 2 版）

《项目经理能力开发框架》（第 2 版）

《项目组合管理标准》（第 2 版）

《项目集管理标准》（第 2 版）

《项目经理能力发展框架》（第 2 版）

研究

PMI®研究部自 1997 年开始资助研究项目。PMI 汇集全世界最优秀的从业人员、管理机构及各大院校的学术带头人进行相关研究，以不断满足项目管理发展的需要。目前已投入研究资金 15000 万美元。

认证

PMI 的认证与专业开发可以帮助从业人员入门、建立并提高在项目、项目集和项目组合管理方面的水平。

- 助理项目管理专业人士认证（CAPM®）
- 项目管理专业人士认证（PMP®）
- 项目集管理专业人士认证（PgMP®）
- PMI 风险管理专业人士认证（PMI-RMPSM）
- PMI 项目进度管理专业人士认证（PMI-SP SM）

欲获得更多信息，请登录网站：www.PMI.org.

反侵权盗版声明

电子工业出版社依法对本作品享有专有出版权。任何未经权利人书面许可，复制、销售或通过信息网络传播本作品的行为；歪曲、篡改、剽窃本作品的行为，均违反《中华人民共和国著作权法》，其行为人应承担相应的民事责任和行政责任，构成犯罪的，将被依法追究刑事责任。

为了维护市场秩序，保护权利人的合法权益，我社将依法查处和打击侵权盗版的单位和个人。欢迎社会各界人士积极举报侵权盗版行为，本社将奖励举报有功人员，并保证举报人的信息不被泄露。

举报电话：（010）88254396；（010）88258888

传　　真：（010）88254397

E-mail：　dbqq@phei.com.cn

通信地址：北京市万寿路 173 信箱

　　　　　电子工业出版社总编办公室

邮　　编：100036